CW01336107

MINHA
VIDA
SEM
BANHO

MINHA VIDA SEM BANHO

BERNARDO AJZENBERG

Rocco

Copyright © 2014 *by* Bernardo Ajzenberg

Direitos desta edição reservados à
EDITORA ROCCO LTDA.
Av. Presidente Wilson, 231 – 8º andar
20030-021 – Rio de Janeiro, RJ
Tel.: (21) 3525-2000 – Fax: (21) 3525-2001
rocco@rocco.com.br
www.rocco.com.br

Printed in Brazil / Impresso no Brasil

Preparação de originais
ROSANA CAIADO

CIP-Brasil. Catalogação na fonte.
Sindicato Nacional dos Editores de Livros, RJ.

A263m	Ajzenberg, Bernardo, 1959-
	Minha vida sem banho / Bernardo Ajzenberg.
	– 1ª ed. – Rio de Janeiro: Rocco, 2014.
	ISBN 978-85-325-2929-9
	1. Romance brasileiro. I. Título.
14-13621	CDD-869.93
	CDU-821.134.3(81)-3

Ao Vitor (1987-2011), em memória

"Por que me sinto tão perdido?
Obviamente porque estou perdido"

(Imre Kertész, em *Eu, um outro*)

P rovavelmente um curto-circuito fez queimar a resistência do boiler da casa. Até me despi, mas no trajeto entre o quarto e o banheiro mudei de ideia: o simples pensamento de entrar debaixo do chuveiro gelado no inverno me causou arrepio; então, desisti. Nem estava suado – ao contrário, a noite fora fria. Ativei o olfato para verificar a situação do corpo e concluí que podia, sim, dispensar o banho naquele começo de manhã.

Trabalho em um instituto cujo objetivo principal, entre outras *missões*, é elaborar cálculos que, de forma clara, didática e precisa, demonstrem a grandiosidade dos riscos existentes, para a humanidade e para o planeta como um todo, diante do consumo desenfreado e irresponsável de água – especialmente nas grandes cidades.

Integro um grupo encarregado de *construir exemplos criativos baseados na vida real capazes de convencer as pessoas a mudarem seus hábitos cotidianos de modo a mitigar riscos e, assim, preservar esse tão valioso tesouro que é a água, e, a partir dela, todos os seres marinhos, os animais e os homens.* (O que mencionei aqui em caracteres itálicos foi extraído de um documento interno que redigi alguns meses atrás, a pedido de um jornalista, resumindo as razões de ser do Instituto).

Nessa manhã, quando parei de tomar banho, dediquei-me ao trabalho com mais afinco que de costume. Não consegui, por outro lado, deixar de pensar que, considerando que um banho médio dure 15 minutos, eu tinha deixado de gastar 135 litros de água; mensalmente, se continuasse sem banho, calculei, seriam mais de quatro mil litros, ou cerca de quatro metros cúbicos de água. Em termos financeiros, isso representaria algo em torno de 16 reais, ou seja, perto de trinta por cento da minha conta de água de solteiro ao fim do mês.

Diversas vezes, ao longo do dia, pensei em buscar na internet algum serviço especializado para trocar a resistência do boiler — nunca tinha me acontecido isso — ou fazer seja lá o que fosse preciso para trazer a água quente de volta. Mas nem sequer esbocei uma pesquisa. Recordei que, na adolescência, costumava passar até dois ou três dias sem tomar banho — e não me sentia mal. Por que não retomar a ideia, ao menos a título de experiência?

Minha vida, nessa altura, era um riacho franzino que passava sem graça por um terreno de mata descolorida. Fora do trabalho no Instituto, vivia preso à televisão ou surfando horas sobre ondas de entulhos supostamente informativos na internet; muito de vez em quando ia ao cinema; raramente a um jogo de futebol. Devido a uma artroscopia no joelho esquerdo a que me submetera no ano anterior, tinha suspendido toda atividade física. O mais decisivo, na verdade, era que minha namorada passaria ainda três semanas, de uma temporada de dois meses, em Manaus por conta de uma espécie de estágio na filial da empresa de componentes eletrônicos onde trabalhava. E eu, além disso, não tenho amigos (uma das heranças deixadas por meus pais, que nunca visitavam ou eram visitados por ninguém durante todo o tempo que morei com eles). Estava, portanto, só, atolando-me no tédio (sem contar que eu e ela, a namorada, tivéramos uma briga, eu diria, feia, à véspera da sua partida).

Os três colegas do meu grupo de trabalho, surpresos, indagavam com os olhos de onde vinha aquele elã extraordinário em plena manhã de segunda-feira. A resposta, é claro, estava na decisão que eu tomara logo cedo e que me deixara no mínimo bastante agitado, quase feliz; mas preferi guardar segredo. A jornada, depois, foi consumida sob uma nuvem interna de ansiedade que eu não experimentava havia muito tempo, talvez desde o dia, quatro anos antes, em que, recém-saído do curso de sociologia, me preparava para a entrevista que selaria minha contratação pelo Instituto. O entusiasmo parecia ser, no fundo, um subproduto mal disfarçado dessa ansiedade. Tanto é assim que, à noite, antes de voltar para casa, passei no barbeiro e, a fim de estimular ainda mais minha opção antibanho, pedi que me raspasse a cabeça – com máquina um, não precisava ser zero.

Célio, sempre é bom iniciar uma conversa dizendo o que se tem certeza. Então, acalmando a mim e a você, eu digo: não te acho um débil mental ridículo! Apesar de até ter muitos motivos para isso... Mas veja só o que está acontecendo: você sempre com conversas pesadas etc. e tal. Sem a menor sensibilidade para nada. Então, eu digo: um homem apaixonado não é assim. Você já amou e sabe disso. Você sempre falando muito (o que é bom...), mas ficando cada vez mais feio. E eu digo: um homem apaixonado não é assim. A sua casa como sempre, o seu jeito etc. e tal. Então eu digo: um homem apaixonado não é assim. Mas o mais importante não é isso. O mais importante é que o Célio apaixonado não é assim! Ah! E isso é tão caro para mim! Às vezes você tem alguns lances. Mas depois passam. Eu procuro perceber. Mas é muito difícil. Então eu saco as minhas conclusões, e elas muitas vezes estão certas (ou não). Você apaixonado pela Débora – sim, eu mesma, a sua Débora – não está. Eu asseguro. Nada mudou em você, a não ser o sur-

gimento de grandes discursos, bilhetes endereça-
dos a mim, e ainda é necessário que eu mesma fale
para você o que você mesmo escreveu, o sentido do
que você mesmo escreveu. Então eu me pergunto:
por quê? Você, com princípios tão nobres! Assim,
sem mais. Será que é para o quê? Para além de
qualquer discurso, essa pessoa, se apaixonada, fala
da pessoa amada apaixonadamente. E esse rito tão
antigo de viver a dois, que sobreviveu a guerras e
revoluções, a tanto sangue e a tanto horror, esse rito
tem razões de ser. Algumas, diga-se, bem ridículas.
Mas nós, homens nobres, de objetivos ilimitados,
mantemos esse rito vivo para viver bem. Buscamos
concretizar na vida simples do dia a dia esse ilimitado. E você, Celito, o que você faz? Conversa,
conversa... Eu tô de saco cheio. Um homem, após
passar uma tarde como a do sábado passado (véspera da minha viagem!) com uma mulher, não pode se
sentir assim. Então eu digo: o Célio não está apaixonado por mim. Ah! Mas eu não posso acreditar.
Isso é impossível. Acabou a transa do Célio com
a Débora... Comigo mesma... Não é possível...
Ah, isso eu sinto. O Celito não está apaixonado,
mas a transa comigo não acabou! Então, por que
ele reluta? Por que se faz de homem-criança? Por
que se mostra tão infantil e ridículo? Ciúmes... Mas

ninguém mais existe. Ela está na casa dela sozinha! Será? Dúvida... Intriga. Medo. Vacilação. Agora eu sei: o Célio está doente da Débora. Mas que bom! Doença epidêmica ou endêmica? É aquela doença que permaneceu dentro de você esses anos todos. Sofrendo... Amor, tonturas... Mas que ironia! Justo agora que eu tô voltando a querer transar com ele. Sentindo saudades. Veja só: a Débora sentindo saudades por não ter visto o Célio por dez dias, e logo agora ele decide cair fora! Pelo menos eu vejo assim essa ausência total de contato desde que vim para Manaus. Por que não fez isso antes? Aí já ficava tudo resolvido. Ah, mas o Celito sempre foi complicado com o amor. E foi assim que ele me perdeu por um tempo. Mas aquela vida de merda não se repetirá.

Estava presente e vi. Estive junto o tempo todo; ouvi. Li. Sentindo-me em dívida com eles, desse posto privilegiado, do centro da minha extrema solidão, reconstituo tudo aqui. Diz-se que mentes atingidas por algum tipo de trauma costumam erguer barreiras contra o influxo de sensações violentas. No meu caso, reconstituir os acontecimentos, ao menos parte deles e ainda que por uma via eventualmente caótica, é uma forma de sair da mediocridade, uma tentativa, ao menos, de sair da minha própria leviandade como advogado; eu, que sempre vivi através da vida dos outros, sem saber do meu percurso a não ser os próximos metros, sem saber o que virá na esquina. Eles, não, eles construíram esquinas.

Flora, Flora foi, ela mesma, uma esquina!

Mas reconstituir, aqui, pode significar também um meio para enfrentar a nova esquina que ela, Flora, sempre ela, nos impôs e da qual não haverá retorno.

Preciso falar de mim para mim mesmo. A decisão trágica de Flora o impõe. Mas não só para mim.

Se escrevo e falo de mim, de Waisman e de Flora, é também, talvez mais do que tudo, para você, Célio. Você precisa saber. Merece saber. Precisa e merece me conhecer. Precisa me conhecer melhor. Se ela decidiu partir, então é de mim, eu sinto, e só de mim, que você poderá saber de coisas que são nossas, quer dizer, também suas. Precisa saber de mim para se conhecer melhor. É minha motivação, admito, aqui.

Casei-me duas vezes, mas não queria filhos. E não me arrependo. Ao contrário. À luz do que deram as crias dos meus amigos e conhecidos, prefiro mesmo não tê-los tido: poucas alegrias para muitas preocupações e desgosto, poucas compensações para muitas noites maldormidas e decepções — uma relação de custo-benefício francamente desfavorável. Sei que Waisman hoje talvez não pense assim, mas esta seria apenas uma das diferenças entre nossas vidas, e, com certeza, uma das menos importantes.

A terça-feira amanheceu chuvosa e ainda mais fria do que a véspera. Acostumado a usar cabelo comprido desde menino, peguei a toca preta de lã acrílica comprada num fim de semana longínquo em Campos do Jordão e cobri a cabeça com uma sensação ao mesmo tempo estranha e agradável. Fui ao banheiro. Fiz o que precisava. Escovei os dentes, passei desodorante numa dosagem acima do habitual. Vesti-me e saí de casa para tomar café na padaria, a duas quadras dali. O de sempre.

A cada cinco minutos, já no ônibus, erguia lateralmente um cotovelo, depois o outro, e aproximava ao máximo o nariz para verificar a situação odorífica das axilas. Olhava para os lados para me certificar de que ninguém se afastava de mim. Lembrei-me, então, de um episódio em si pouco significativo, mas que, naquele momento, adquiriu uma proporção enorme.

Poucos meses depois de ter sido contratado pelo Instituto, encarregaram-me de conduzir um programa-piloto de treinamento que, se bem-sucedido, seria implementado em definitivo e talvez emprestado para outras organizações amigas. Um dos motivos para terem-me atribuído essa incumbência é que sou um sujeito calmo, meticuloso, com facilidade para me concentrar em leituras e atividades que requerem paciência; sou organizado, pontual, sistemático, obediente – quase um militar alemão ou um engenheiro suíço. Além disso, muito solícito e observador. O outro motivo, creio, é que, mesmo com todos esses atributos, tenho pavor de falar para grupos maiores do que cinco ou seis pessoas, portanto não seria útil nas atividades externas organizadas pelo Instituto (palestras em escolas, empresas, entidades governamentais, sindicatos, entre outras instituições).

O programa-piloto consistia em apadrinhar os recém-chegados transmitindo-lhes com a maior clareza possível a *missão do Instituto* e ensinando-lhes o uso dos instrumentos de que dispúnhamos para levar essa tarefa adiante.

O segundo grupo que me coube treinar era formado por três jovens, sendo duas moças magrinhas de óculos e cabelos longos e cacheados – uma loira, a outra ruiva – e um rapaz igualmente magricela de modos muito educados, também de óculos, porém de cabelo preto e bem curto. Para alguém que se aproximava dos trinta anos, como eu, esse trio era realmente jovem (estavam todos em fase de conclusão de alguma faculdade). Além do temperamento judicioso e pacato, também essa diferença de idade contribuía para facilitar a imposição da minha autoridade sobre eles, a qual instalou-se de forma natural.

Ao final de um dia de trabalho, chamei o estagiário em minha mesa e convidei-o para tomar um café na padaria ao lado da sede do Instituto. Agnelo – esse era o nome dele – estranhou a aproximação. Olhou-me assustado.

— Vai um café mesmo? – perguntei, ambos já acomodados a uma mesinha redonda de metal com o nome de uma cerveja gravado no tampo.

— Prefiro chá preto – respondeu Agnelo.

Passamos o pedido a uma atendente. Fui direto ao assunto:

— É delicado o que eu vou te dizer, mas tenho certeza de que vai ser bom para você.

— ...

— Eu gosto de você. Te acho um cara muito talentoso, Agnelo, e queria dizer o seguinte...

— ...

— Bom, é o seguinte: é que você precisa trocar de desodorante, rapaz.

— ...

— Não me leve a mal. Mas alguém precisava dizer isso. Você ainda é muito jovem...

A moça trouxe o chá e o café.

— Certamente não percebe, mas todo dia, já no começo da tarde, o seu cheiro de corpo fica difícil de aguentar. Elas não dizem nada, pelo menos não para mim, mas imagine o que é isso para as meninas, Agnelo.

— ...

— Estou falando como amigo, como homem, para alertar você. Pode ser negativo inclusive no trabalho, você entende? Trocar de marca, não sei, talvez já resolva o problema.

— ...

Agnelo tomou alguns goles de chá olhando para baixo, segurando o silêncio. Coçou a cabeça.

Eu me sentia bem. Aliviado. Agira de uma forma sem dúvida desagradável, porém sincera e certamente com grandes consequências para a vida daquele rapaz.

— Desculpe, não queria ser grosseiro nem importunar você, mas alguém precisava te alertar sobre isso.

— ...

Considerei, também, que não era fácil, para ele, ouvir aquilo tudo dito de modo tão direto e, ainda por cima, pelo seu superior hierárquico, pela pessoa que decidiria, ao final, por sua permanência ou não no Instituto.

Agnelo limpou os lábios com um guardanapo de papel e virou-se para mim.

— Olha, Célio, agradeço muito a sua franqueza. Tenho certeza de que está fazendo isso com a melhor das intenções. Obrigado, mesmo.

— ...

— Mas vou dizer uma coisa que talvez o surpreenda: eu não uso desodorante nenhum. Isso já tem uns dois anos. E não pretendo voltar a usar.

— ...

— É uma opção minha, não um desleixo ou esquecimento.

— ...

— É um pacto que fiz com a minha namorada. Ela também não usa.

Argumentei, retomando o fôlego:

— Se é por defesa do ambiente, vocês podem usar desodorante de bastão, sabe disso, não é?

— Claro que sei. Mas não tem nada a ver com isso, Célio. É que a gente gosta do cheiro um do outro. Desde que nos conhecemos. É um troço que excita a gente. Sei que é difícil entender, mas é isso mesmo. Não tem segredo nem militância nessa história.

— ...

C aia morta! Caia morta, víbora!
Eu estava junto, na casa dele, quando Waisman gritou essas palavras. Bateu o telefone e em seguida abriu a porta, pegou o carro e disparou pela marginal Pinheiros agradecendo a si próprio em voz alta por ter seguido um velho conselho do pai: jamais casar em regime de comunhão de bens – especialmente em segundas núpcias.

Aquela fora apenas uma das inúmeras discussões e brigas que haviam se seguido à ruptura dele com Vilma – a víbora –, ocorrida semanas antes. Avançando pela Castelo Branco, em uma hora estaríamos no condomínio, logo obteríamos na administração alguns nomes de corretores e pronto. Um casamento com seis meses de duração, depois de tudo o que passara, não merecia mais do que essa hora na estrada, se tanto.

Waisman teve uma acolhida que consideramos excelente na primeira imobiliária, a qual, por sorte ou competência, conseguiu viabilizar o negócio em apenas três semanas. O que ele não podia nem sequer imaginar ao vender aquele terreno em Itu era que o sogro do comprador a ele apresentado pelo corretor de imóveis pudesse conhecê-lo. E no entanto foi isso mesmo: o sogro do comprador, descobriu ele algumas semanas depois da efetivação do negócio, era o mesmo homem que, uns vinte anos antes, em outra região do estado, na rodovia Fernão Dias, socorrera Waisman quando este, ao dirigir-se num sábado à tarde para descansar no fim de semana em Atibaia, com o filho e uma sobrinha, ambos no banco de trás, capotou no meio da pista depois de tentar desviar de uma perua velha Comodoro marrom que invadira a estrada vinda do acostamento, à direita, sem qualquer sinalização.

Foi, sim, o mesmo homem quem, com a esposa, acorreu com diligência clínica para minimizar os estragos mentais e físicos infligidos pela colisão – o Chevette preto de Waisman ficara de cabeça para baixo, faiscando sobre o asfalto, travando a passagem de veículos dos dois lados daquele trecho paulista da Fernão Dias, ali por Mairiporã, correndo o risco de uma explosão por vazamento de combustível enquanto Waisman ciscava atônito no acostamento, entre a incontinência do choro e o desespero da perda até ser tão prestativa e gentilmente socorrido por aquela pessoa que agora ressurgia em outro contexto como o anódino sogro do comprador do imóvel em Itu.

Waisman vendeu o terreno depois de despachar Vilma para o inferno pela enésima vez ao telefone — Caia morta, víbora! — com a finalidade de financiar sua mudança para a França. Perdera Flora (terei de voltar a isso), e Célio era, para ele, sempre distante, fingido. Não foram poucas as vezes em que, com a ajuda de um uísque, abriu-se comigo e se disse arrependido de ter tido o filho; e também me disse, outras tantas vezes, que se arrependia muito (ênfase dele) do próprio casamento com Flora. Agora, com mais essa perda, de Vilma, a única possibilidade de sobrevivência estava na mudança para Paris. E eu tinha, conhecendo nossa história, eu tinha de concordar com ele. Não só concordar, mas também, devo dizer aqui: sua viagem seria algo conveniente para mim.

E por que Paris? Porque o passado significativo para Waisman sempre ressurgia nostalgicamente — eu diria até doentiamente — de Paris. E tudo o que ele queria naquele momento era isso: o passado.

Só uma revolução é possível com o Célio. Escrevo em letras garrafais: VOCÊ TEM MEDO. TÁ DOENTE. FEIO. Não sabe dançar, esqueceu como se beija, não quer viajar. Será que não sabe ser homem? Que pena. Como mostrar isso para você? E o problema maior é que eu não sei cuidar de doente. Ainda mais alguém doente de mim. Não sei fingir, Célio. Mas QUERO cuidar. Posso? Você tá se enrolando, amigo. Será que você chora de tesão com outra pessoa como sempre chorava comigo? Sente saudades? Estarei no hotel esta noite mais cedo. O hotel até que é simpático. O banheiro é exagerado para o modesto quarto. Mas tenho conforto: televisão, rádio, CD etc. Sem luxo. O lençol branco me faz bem. Sinto um pouco de felicidade. Estranho, não é? Os olhos cansados pedirão talvez que eu durma cedo. Me liga. É o que de melhor você pode fazer, acredite.

A lembrança de Agnelo voltou com toda a força na manhã de terça-feira, embora ali, de novo no ônibus, eu ainda não tivesse tanta clareza quanto aos motivos que alicerçavam a minha decisão. Ela me trouxe, também, outra ideia: usar camiseta debaixo da camisa. Ele não fazia isso, o que acentuava o cheiro de corpo (CC) impregnado ao longo do dia no tecido das roupas que usava — certamente longe de serem de cem por cento algodão.

No fundo, a questão é saber o que é realmente essencial para você. Embora tenha largado o Instituto menos de seis meses depois daquela conversa, Agnelo deixou uma lição de vida: dependendo da sua visão de mundo, usar ou não desodorante, escovar ou não os dentes — apesar de que, nesse último caso, as consequências para a saúde sejam mais conhecidas e até mesmo muito bem exploradas comercialmente —, isso tudo pode não fazer parte das suas preocupações; ou, então, pode significar apenas uma escolha refletida, de ordem filosófica e existencial, ainda que transitória, movida por um anseio compartilhado ou por uma cumplicidade estimulada pela libido.

Meu pai, por exemplo. Atravessa, neste momento, a plenitude da *crise da meia-idade*. Perdeu totalmente a noção do que é ou não é essencial para ele. Pode não ser algo preocupante quando se está na casa dos trinta – meu caso –, mas, aos cinquenta e poucos anos de idade – o caso dele –, não se concebe viver em paz com tantas dúvidas, hesitações e ambiguidades, sob pena de mergulhar na paralisia ou, pior, na tão temida depressão.

Gosto de me deter nesse assunto porque sei que poderei tirar daí algum aprendizado. Meu pai passou a maior parte da juventude – aquela faixa que vai dos 18 aos trinta – tendo como principal atividade a militância política contra a ditadura militar. Mais do que isso: como ele mesmo me contou – e não se cansa de repetir –, a luta contra o regime, pelas liberdades democráticas, era, na verdade, parte da luta pelo fim do sistema capitalista, já que este, acreditavam ele e seus camaradas, era, no fundo, ainda mais em um país atrasado como o Brasil, incompatível com a existência de uma democracia verdadeira.

Depois de repetir inúmeras vezes essa ladainha, meu pai chega agora aos cinquenta e poucos totalmente em crise. Em vez de o sistema capitalista cair, ele é que quase desmoronou – e ameaça fazê-lo três ou quatro vezes ao ano, em especial quando se entrega a uma bebedeira na companhia daquilo que restou de seus amigos. É provável que minha mãe tenha decidido se separar dele por causa disso; cansou-se da incapacidade do marido de encarar a realidade, como ela mesma já me disse várias vezes – embora eu jamais tenha pedido a nenhum dos dois que me dessem qualquer explicação ou satisfação para o divórcio; embora, também, minha mãe não seja nenhuma santa, nem poderia ser considerada, apesar do nome (Flora), uma flor que se cheire.

De toda maneira, e mal comparando, procuro extrair dessa experiência cheia de frustrações do meu pai algo que me faça sempre refletir sobre a minha relação com o Instituto e suas *causas*.

O lugar no voo, só de ida, estava reservado. O passaporte, renovado. Com minha ajuda, Waisman reativara contatos antigos na capital francesa – muita gente ainda se lembrava dele. No entanto, o ressurgimento improvável da figura do sogro de seu comprador de Itu gerou uma hesitação em Waisman quanto a seguir adiante. Poderia não ser assim, mas o fato é que essa coincidência quase inverossímil abalou o homem instável e hipersensível que Waisman é, colocando tudo em xeque novamente.

O sogro chamava-se Rogério. Passava dos sessenta anos de idade quando da negociação do terreno, o que significa que tinha quarenta e poucos anos no dia do acidente na Fernão Dias – bem menos que a idade de Waisman agora, e que a minha também. Logo após deixar o veículo às pressas com medo de uma explosão, Waisman pulava e girava desnorteado na beira da estrada sem saber que Célio e Beatriz, a sobrinha, não tinham sofrido mais do que dois ou três arranhões inofensivos. Foi nesse momento que Rogério surgiu no sol da tarde a segurá-lo pelos ombros, chacoalhando-o, atirando-lhe água no rosto, como a libertá-lo de um transe. Trouxe-o de volta desse aturdimento aos poucos, fazendo-o sentar-se num poste estirado no acostamento enquanto a mulher de Rogério, Esmeralda — mãe do comprador do terreno de Waisman em Itu —, acalmava as crianças dando a cada uma um picolé de limão.

Queria fazer chegar um beijo muito grande até a sua boca. Mas eu pergunto: do que você tem medo? Não é tão difícil assim. Não quero ser parte inativa na sua vida. O que eu mais quero no mundo é ver você feliz, mas você não é, você não está feliz, não é? O que eu mais quero é poder ser sua: escrava, mulher, companheira, quero entreter você... Não sei escrever cartas de amor. Mas digo: não ande por aí sozinho, Celito. Ainda mais neste momento, que estou tão longe e não tenho a liberdade de poder descer a rua correndo, entrar embaixo do lençol e, sem graça, falar: daqui eu não saio, daqui ninguém me tira!

R ecusei o convite de dois colegas para almoçar e fui direto a um shopping, a uns duzentos metros do Instituto, atrás de algumas camisetas. Comprei três. Crescia, dentro de mim, a sensação de estar fazendo algo especial e importante, ainda que *secreto*. Ninguém precisava saber. O interessante, ali, era a minha capacidade de criar condições para levar adiante uma decisão verdadeiramente ímpar, autoral.

Depois do almoço, ocorreu-me, a respeito disso, uma dúvida: lavar as mãos fazia parte, ou não, do Projeto? E o rosto? Perguntas aparentemente ingênuas, mas que naquelas circunstâncias não mereciam respostas banais. No caminho de volta ao Instituto, sentei-me no banco de uma pracinha para meditar sobre o tema. Três alternativas surgiram de imediato:

a) não lavar as mãos nem o rosto (afinal, parecia mais coerente);

b) lavar normalmente (por uma questão de higiene imediata – com efeito, a possibilidade de acumular tanta sujeira e tantos odores desagradáveis a tão poucos centímetros do nariz, tão diretamente expostos ao toque frequente do rosto, me parecia insuportável, ao menos na primeira fase do Projeto, ou seja, criava o risco de inviabilizá-lo como numa espécie de autossabotagem provocada pelo radicalismo numa fase – a inicial – em que este não poderia se aplicar;

c) lavar as mãos e o rosto moderadamente (dia sim, dia não), o que evitaria tanto a incoerência apontada pela alternativa *a* quanto a sensação de abandono do Projeto sugerida pela alternativa *b*.

Concluí pela opção *b*, raciocinando que somente ela me permitiria seguir adiante no Projeto. Depois passaria para a *c* (lavar com moderação) e em seguida, quando chegasse a hora, para a *a* (não lavar as mãos nem o rosto). A contundência do Projeto exigia, paradoxalmente, medidas ponderadas e um desenvolvimento gradual em sua aplicação.

O primeiro grande teste – se posso chamar assim – se deu na quinta-feira, quarto dia do Projeto. Como de hábito, fui à Associação Cristã de Moços (ACM), perto de casa, para nadar um pouco – costume estabelecido havia muitos anos. No vestiário, enquanto esticava o elástico dos óculos de natação, lembrei que meu exame médico vencera alguns

dias antes. Em outras épocas, isso se remedia-
ria em poucos minutos sem nenhuma dificuldade;
bastava passar pelo médico de plantão, que rapi-
damente daria uma espiadinha sempre complacen-
te nos entrededos dos pés e das mãos, nas axilas,
costas, virilhas – e pronto; novo exame somente
dali a seis meses. Agora, porém, essa operação
tão simples podia se complicar, ainda mais que eu
descumpria o regulamento segundo o qual "antes
de descer para a piscina, o aluno deve tomar banho
sem sunga ou maiô, utilizando sabonete". E, com
efeito, complicou-se ao extremo quando eu soube,
minutos depois, pela fotografia colocada ao lado da
porta do consultório, que quem estava de plantão
naquele início de noite era uma médica... Uma médica jovem e linda, que eu nunca tinha visto antes
na ACM.

A primeira medida que me ocorreu foi dar
meia-volta, passar desodorante nas partes baixas e
enfrentar o exame; a segunda foi dar a meia-volta,
arrumar a mochila e retornar no dia seguinte com
a expectativa de topar com o outro médico. Mas
eu precisava encarar a realidade: ou fazia logo o
exame, incorporando de uma vez por todas aquilo
que eu poderia chamar de "minha condição volun-
tariamente assumida"; ou simplesmente desistia da

natação. Entre passar vergonha perante a jovem doutora e colocar o Projeto abaixo (pois a natação era essencial para o meu bem-estar), optei pela primeira, ponderando, inclusive, que, na ausência de banho, a água da piscina poderia, de alguma forma, atuar como um elemento higienizador e, portanto, como fator de sustentação do Projeto.

Enquanto hesitava, a porta do consultório se abriu e a médica apareceu, sorridente, igualzinha, com efeito, à moça da fotografia.

— Senhor Célio Soihet Waisman?

— ...

Tive a sensação de que os meus olhos se congelavam.

— Vamos entrar, por favor.

Já tinha ouvido falar da "síndrome do jaleco branco", consistente em reações físicas involuntárias diante da presença de um médico no consultório; dependendo da pessoa, ela pode provocar um ataque de tosse, um aumento súbito da produção de suor, gagueira momentânea, tremedeira sutil, entre outros sintomas. O que sucedeu comigo, naquele dia, foi o seguinte: assim que entrei na saleta, com a doutora já sentada a uma mesinha e pedindo que eu ficasse apenas de short, fui acometido de um acesso de riso incontrolável. Não eram gargalhadas, mas sim um riso de intensidade moderada porém contínuo, para o qual, diante do olhar espantado da médica, dei uma explicação tão ridícula quanto o meu comportamento:

— Desculpe, doutora.

— ...

— É que tirando a camiseta senti um... friozinho... e me deu um arrepio esquisito... e quando tenho esse tipo de arrepio, um calafrio... eu começo a rir... assim... desse jeito estranho...

— Não tenho tempo a perder. Controle-se, por favor.

A bronca foi tão incisiva que realmente me controlei, passando a obedecer com secura todas as ordens emitidas, diga-se, com mais secura ainda, de um modo assertivo e quase telegráfico: ponha o pé aqui, ponha o pé ali, levante o braço, o outro, vire de costas... O fato é que o exame durou menos de um minuto, e só depois, quando já tinha nadado meus cem metros iniciais, é que me dei conta de que aquele tempo quase recorde de duração do exame devia ter sido exatamente o tempo em que ela conseguira segurar o fôlego, ou seja, evitar a inalação de algo provavelmente nauseante, eu pensei, exalado nada mais nada menos do que pelo meu próprio corpo. Imagino que, se o exame tivesse sido realizado em um estado mais avançado do Projeto, certamente seria reprovado.

Amo você, Celito. Estou apaixonada. Espera aí que vou até o espelho dar uma risadinha... Você acha que eu fui? Eu fui? Eu fui. Eu fui.

Hoje tenho uma pequena folga no estágio, mas não poderei sair com você, que precipita em mim tão variados sentimentos que é necessário... sei lá. Não quero perder o que consegui com você. Tô vomitando ansiedade, mas isso não é ruim não, viu Celito? É uma ansiedade que não vou deixar que afogue ou sufoque você, porque eu quero você e o seu amor bem vivos. Os dois, viu? Não vou agir contra mim, como fiz antes do embarque, não vou fazer assim nunca mais. Quero você. Estou tão densa, consistente feito o leite achocolatado que você adora. Vou descansar.

P reciso falar um pouco mais de Rogério: nasceu e sempre viveu num bairro de classe média, o Butantã, no morro do Querosene. Ao menos foi o que nos disse. Parecia se orgulhar do fato de ser um "cobra" (aprendi com ele que os moradores mais tradicionais desse bairro costumam se chamar assim por causa da vizinhança com o Instituto Butantan, onde se criam e se fazem muitas experiências e vacinas com esses animais); mas, a rigor, nunca fui, e creio que Waisman também não, à sua casa. Especialista em saúde pública, com tese de doutorado versando sobre o reúso de água em casas e prédios residenciais, foi dele que Waisman ouviu pela primeira vez, no jantar oferecido pelo meu amigo logo após o acidente na Fernão Dias em agradecimento ao apoio sobretudo psicológico recebido, a teoria segundo a qual manter lixeiras nos banheiros, sejam públicos ou privados, é algo antiquado e perigoso para a saúde. Jogue o papel no vaso, defendia Rogério, pois hoje em dia ele se dissolve na água sem problemas em vez de ficar se acumulando no lixo, ao ar livre, quando não expondo aos olhares alheios aquilo que limpamos de nós mesmos.

Naquele jantar, do qual participaram os dois casais (Rogério-Esmeralda, Waisman-Flora), além de mim, Rogério contou um pouco de sua história. Dava aulas na Universidade de São Paulo. No período da ditadura militar, segundo seu relato, pertencia a uma facção política de esquerda que era favorável à luta armada, portanto rival da nossa (minha, de Flora e de Waisman). Agora, naquele começo dos anos 1990 (época do acidente), tinha se reciclado, como dizia, e, sem nos dar detalhes, afirmou estar engajado "seriamente" em algumas "batalhas" ecológicas, em defesa do meio ambiente.

Nos anos 1970, disse ainda no jantar, participara de assembleias estudantis ou de professores; estivera em um ou outro ato público contra a carestia ou em defesa da anistia para os exilados e presos políticos. Usava barba e cabelos longos, contou. Embora mais novos, Flora, eu e Waisman também tínhamos feito tudo isso – Waisman com muito mais assiduidade, responsabilidades e compromisso –, mas não nos lembrávamos de ter visto Rogério nem de longe em tais atividades.

Não sei em que ano foi, mas me recordo muito bem das aulas de biologia sobre as diferenças entre bactérias, fungos e vírus. Lembro-me, em especial, do entusiasmo com que o professor discorreu, certa vez, a respeito do "incrível mundo dos fungos", como ele dizia. Esse professor dava aula quase dançando no tablado, era algo realmente memorável. E os fungos constituíam-se nos seus seres prediletos: adoravam a umidade e a escuridão.

Essa lembrança me agarrou com muita contundência na sexta-feira, quinto dia do Projeto, quando, no meio da manhã em plena reunião com alguns "facilitadores" – nome dado no Instituto aos monitores de equipes ou agentes organizadores de grupos de trabalhos externos –, fui acometido de uma coceira absurda e incontrolável no chamado saco escrotal. Instintivamente fiz todos os movimentos cinturais cabíveis naquelas circunstâncias, esfregando-me com a maior intensidade possível na cadeira lisa de madeira; sem nenhuma chance de pedir licença para ir ao banheiro, apertava as coxas uma na outra... Nenhum alívio, porém. A tal ponto que tive de apelar para a mão, por baixo da mesa, ao mesmo tempo em que continuava minha perora- ção. Seria uma operação simples não fosse o fato de que eu era, efetivamente, o coordenador da reu- nião e tinha de falar o tempo todo.

A certa altura, já com a certeza de que todos ali haviam notado o meu desconcerto, encontrei uma brecha, passei a palavra a uma colega e finalmente pedi licença para ir ao banheiro. Ali, tomei mais uma decisão vital para a sobrevivência do Projeto: usar cueca samba-canção. Considerando fora de cogitação a ideia de me depilar, era esse o único recurso de vestimenta capaz de inibir de modo preventivo a proliferação dos micro-organismos causadores do mais desagradável de todos os comi- chões pelos quais um homem pode ser tomado. Considerando, também, que – ao contrário do que eu imaginara – o cloro da piscina na noite anterior contribuíra para esse desconforto, optei igual- mente, em caráter preventivo, por comprar, mais tarde, uma sandália de couro capaz de propiciar respiração aos pés. Passaria algum frio, talvez, mas certamente suaria menos.

D escobri o agave-azul. Você sabe que adoro novidades. Sabe o que é o agave-azul? Uma espécie de planta, um cacto mexicano, meio assim. Dá uma pesquisada. Usam como base para a tequila há séculos. Você vai gostar. Pode usar na forma de calda, parece um pouco o mel. É para adoçar. Substitui o açúcar, Celito! Tive de sair daí e vir para a Amazônia para descobrir isso, acredite.

Vamos adoçar as nossas vidas de um jeito diferente! Observação: não sou garota-propaganda disso, hein! É para te dizer que você tem que fazer como eu: sair da mesmice e descobrir picadas novas. Faz bem.

O frio não existe. O que existe é a ausência de calor, em maior ou menor grau. Há uma diferença filosófica profunda entre dizer isso e afirmar, em seguida, que a morte não existe, o que existe é ausência de vida. Pois, nesse último caso, o correto seria dizer: o que (in)existe é ausência de vida. Essa sílaba (in) à frente de existe constrange e define tudo.

Como poderia conter o tempo e evitar os dias de depois de amanhã, Flora, esses dias vindouros inevitavelmente tão tristes?

Com efeito, que dias tristes eu antevejo. Dias marcados pelo inevitável, de uma espera angustiante.

Não seria melhor, já que a decisão foi tomada, antecipá-los de vez? Ou, ao contrário: seria possível, de alguma forma, criar uma barreira capaz de estancar a sua passagem? Certamente não. Eles virão, e virão com uma firmeza científica, amanhã, depois de amanhã, e assim em diante, na sequência brutal da renúncia trágica e definitiva, sem que nada possa detê-los. E, ao final, estaremos todos juntos em volta de você, Flora. Mas você não estará no meio de nós, pois (in)existe ausência de vida.

A partida anunciada (quantos meses serão até lá? Não sabemos, mas a contagem regressiva, por decisão sua, foi iniciada) é o verdadeiro motivo pelo qual faço estas anotações, minha Flora, querida, contando com a atenção, quem sabe, passada a tormenta – pois tudo, efetivamente, passa, a não ser as palavras e as imagens –, de pelo menos um leitor. Sua entrega ao nada, esta viagem sem retorno – eis, e é isso mesmo, o motivo pelo qual deixo aqui, aleatoriamente, estes registros.

Hoje acordei solta, livre, com vontade de andar em linha reta e para cima. Mas será que você vai me acompanhar? Será que é mesmo você quem deve me acompanhar? Desculpe. A dúvida me pegou hoje. Sozinha, aqui, sem dormir com ninguém (esse seu medo mortal). Sentimento meu. Sonhos eróticos. O desejo subindo pela cabeça. Calcinha molhada. E você tão longe, quase sumido. Envolvi todo o meu corpo e minha alma com uma enorme melancolia. Tristeza. Sentimentos, agora, tão contraditórios! Viver é uma bomba, não é, Celito? E você? Por que nunca me escreve? Por que sempre tão calado? Nunca me conta nada. Você está errando. Ficando pequeno, e eu grande. Me surpreendo com você. Você parece que me despreza, mas na verdade está ficando muito simples, pequeno. É só carcaça? Envelope sem recheio? Tento lavar as coisas com sabão de primeira qualidade, mas você não, você está usando comigo sabão de quinta...

De repente tô mais triste do que nunca. Sentada num sofá roxo. Escrevendo sobre as pernas. Ouvindo Madonna. Olhando o quarto. Sentindo que você fez mal as coisas dessa vez. Parece piada, mas faz apenas vinte dias que a gente não se vê. Tem umas cortinas pesadas aqui. Queria arrancá-las, me enrolar nelas, em especial o meu coração.

Quero falar da atração exercida pela nebulosidade: o que se pode ver à luz do sol é sempre menos interessante do que o que se passa por trás de um vidro, que nos dá a oportunidade de imaginar, sonhar, vislumbrar, muito mais do que só ver ou constatar. À medida que os anos avançavam, essa espécie de imprecisão visual que envolvia Waisman crescia e me fascinava mais e mais, embora eu tenha demorado a entendê-lo, a captar que era isso o que nele me atraía, ou talvez que era isso o que eu mais invejava nele. A oscilação da transparência no olhar de Waisman me fazia pensar nas cores infinitas que se apresentam quando passamos um dia no campo.

Sempre considerei que sobre mim jamais um raio cairia. Mas caiu. Waisman tem tudo a ver com isso – e essa é uma das razões pelas quais, apesar de quase por vício admirá-lo, eu também o odeio.

Nossa amizade fincou raízes de fato no dia em que fomos juntos, ambos pela primeira vez, no prostíbulo da Olga, na rua da Consolação. Subiu a escadaria à minha frente, porém com vacilação.

Na verdade, era como se eu, atrás, o empurrasse degraus acima. Chegamos ao extremo de que eu tive de escolher para ele a mulher cuja incumbência seria desvirginá-lo — será que ele nunca me perdoou por causa disso? Saiu meio enojado dali; mesmo assim, agradeceu-me.

Waisman não tinha outros amigos, diferentemente de mim. E assim é ele até hoje. Como Flora, aliás — mas isso é um outro assunto. Ou, talvez não. Talvez seja este, na verdade, *o* assunto: o esplêndido isolamento em que na verdade sempre vivemos, os três, como uma microsseita autônoma, apesar dos demais "amigos e conhecidos" que constituíam alguns satélites — maiores ou menores, eram sempre satélites, à nossa volta.

Não devo, porém, fugir do essencial: admitir a inveja foi difícil e levou tempo. E, ao escrever aqui, agora, percebo o quanto isso me fez bem. Melhor admitir minha insignificância, expô-la, conviver com ela do que, por causa dela, interromper a existência. Não me incluo — pelo menos isso não! — na lista dos seres de caráter inconstante; isso não. Mas... Talvez tenha ido longe demais.

Duas ou três vezes ao mês, almoço com meu pai, sempre aos sábados. Normalmente os assuntos são vagos, limitando-se à *superfície das coisas*, para ocupar o tempo, como em 99 por cento das conversas que costumo ouvir em mesas de bares, padarias ou restaurantes. Embora amante de polêmicas e com uma história que não conheço em detalhes, mas que sei ser bastante agitada, embora seja sempre incisivo ao emitir opiniões, o velho é reservado em relação aos seus problemas pessoais — na maior parte do tempo parece querer negar que os tenha — ou sua intimidade.

Nesse sábado, porém, o clima foi outro. Chegou ao restaurante, na Augusta, tomado por uma agitação incomum. Seus lábios mal me tocaram a testa, quando normalmente, em nossos encontros, ele segura com força a minha cabeça para dar um beijo, algo tão acintoso e artificial que me causa vergonha quando há conhecidos por perto.

Sentou-se e logo pediu o cardápio ao garçom.

— O que está acontecendo, pai?

Fechou os olhos. Engoliu ar ou algo parecido. Apertou as têmporas. Encarou-me, e senti que seu rosto tremia.

— Tudo, Célio. Está acontecendo tudo.

— ...

— Devo estar com depressão, sei lá. Não é possível... Tudo dói, mas eu não consigo nem chorar, você entende?

— ...

— Sabe o que é chegar aos 54 anos com a sensação de sempre ter sido um impostor? Claro que você não sabe. Mas tenta imaginar. Acho que o jornalismo alimentou isso em mim: a sensação de ocupar espaços sem ter legitimidade, sem ter conquistado esses espaços... Tem a sua mãe nessa situação... A crise com a víbora da Vilma... Não dá mais...

— Que crise? Do que você está falando, pai?

— Deixa pra lá... Só quero que você saiba que eu não aguento mais ficar com ela. Mais um casamento desfeito. Pelo menos esse foi curtinho, curtinho. Mas não é isso que interessa, Célio.

Depois de pedir desculpas por contar "banalidades" tão íntimas, desandou a falar:

— Sempre me achei pequeno demais para ter ocupado os lugares que ocupei, é como se tivesse

usurpado... Ao mesmo tempo sinto que nunca rea-
lizei as minhas verdadeiras potencialidades, se você me entende... Parece que sempre soube girar
muito bem a minha bolsinha... Mas o tempo passa,
filho, não tenho mais tanto tempo a perder, preciso
reorganizar a minha existência... Preciso me aproximar mais daquilo que realmente sou... E o que
eu realmente sou, eu acho, nem está à minha disposição... Talvez tenha de encontrar isso em outra
parte... Tenho tido de uns anos para cá um sonho
recorrente. Variam os enredos, os locais, mas o
final é sempre o mesmo: eu tentando encontrar
o caminho, seja para voltar para casa, seja para es-
capar de uma cilada ou uma situação desconfortável qualquer, e sempre acordo no meio do impasse,
nunca esse caminho se revela para mim, é sufocan-
te... Nem sei o que fazer com o pouco dinheiro que
acumulei girando a minha bolsinha ao longo desses
anos todos... Não sei o que realmente sou... Não
tenho hoje um único amigo com quem possa me
abrir de verdade. Nem mesmo o Marcos, não sei se
se lembra dele, nem mesmo com ele eu consigo,
parece tudo fechado, difícil.

Perguntei se ele não gostaria de procurar um
terapeuta, um psicanalista. Nem pensar, respondeu
de pronto. E foi nesse momento que meu pai me

contou das passagens por Paris quando jovem, episódios que eu nunca imaginei que ele tivesse vivenciado. Chegava a lacrimejar. Aos poucos, nesse almoço, foi ficando claro que ele precisava reencontrar algo. *Crise de meia-idade*, ele disse várias vezes, pode ser, pode ser.

Pensei em comentar sobre o Projeto, mas a verdade é que o simples fato de trabalhar no Instituto sempre foi visto por ele no mínimo com distanciamento. Acho até mesmo que despreza o meu engajamento, contrapondo-o à sua militância política mais direta durante anos contra a ditadura militar, como se aquela tivesse validade e esta, a minha, fosse mero verniz sobre uma superfície podre. Esse foi, aliás, o segundo ponto do nosso encontro, quando ele, como já fizera antes, mas agora em meio à exposição do seu próprio desconcerto pessoal, repetiu as críticas à minha atividade:

— Esse negócio de defesa da ecologia não está com nada, Célio. Todo militante é, no fundo, um soldado voluntário — dizia ele — e um soldado voluntário precisa ter sempre uma causa bem clara, como eu tinha — dizia ele, expelindo presunção por todos os poros. — Vocês não, Célio, vocês são manipulados pelo capitalismo em um movimento que ele próprio realiza como sistema para se renovar e com isso manter as formas tradicionais de exploração. O ambientalismo – dizia – fica na superfície, é mera reciclagem interna de um mesmo organismo, só ajuda a manter tudo como está e sempre foi...

Assim ia em diante, como já fizera tantas vezes, em tom de sermão – algo, francamente, perto do insuportável, seja pelo conteúdo congelado no tempo, seja pela repetição incessante, quase uma composição minimalista, de frases.

Mas as novidades que meu pai introduziu nesse almoço, isto é, o que ele contou sobre si, também não me soaram das mais profundas. Jamais lhe diria isso, mas parecia continuar, para usar uma expressão dele mesmo, girando a sua bolsinha – dessa vez para mim, o filho, que não tinha a menor condição de ajudar a recheá-la com o que quer que fosse.

Curiosamente, dessa vez as reiteradas críticas que sempre me fazia surtiram, combinadas com a constatação da sua própria crise pessoal, um efeito contrário: eu devia fazer o que de fato considerasse relevante, aquilo que demonstrava ir ao encontro do essencial para mim, e em mim. Foi quando decidi parar de lavar, também, as mãos.

C omo é que eu posso acreditar em você? Confuso? Cabeça embaralhada? Sempre foi meio assim, certo? Mas você se apega muito nisso para se desculpar, para tentar me mostrar que não é um filho da puta, um sacana. No fundo você está é aprendendo a se enganar melhor, Célio. Não aguento essa enrolação e essa sacanagem que você faz comigo. Não dá. Ainda mais sem ficar envergonhado! Aliás, vergonha é mesmo o que te falta há muito tempo. Não pode ser assim. É uma violência comigo e com você também. Tá passando as noites fora de casa? É isso? Resolveu mesmo me abandonar? Tô chata demais? Nem no Instituto você me atende, Célio.

Eu não quero descambar escada abaixo e penso em ajudar você. Mas será que você merece a minha ajuda, o meu carinho, até minha amizade? Meu coração bate fortemente às vezes com a certeza de que eu quero você só para mim. Vibro inteira. Faria tudo por nós. Gosto da sua cabeça, acredito na força dela, que faz de você um ser maravilhoso, seu filho da puta. Tô engolindo seco o seu silêncio. Mas vejo aqui que, mesmo sem você se dignar a me mandar qualquer palavra, estamos nos esmurrando no topo de uma escada, e talvez falte pouco para rolarmos degraus abaixo. Vamos nos segurar, Célio?

O que o arcabouço do materialismo histórico e dialético fornecia a Waisman era uma explicação cabal e arredondada do mundo: de tudo, de todos os fenômenos. O império da infraestrutura facilitava pensar, ou ao menos montar raciocínios lógicos, sistemas, esquemas, dava coerência ao mundo, produzia em meia dúzia de frases o conforto mental necessário para ludibriar a confusão reinante em outras áreas da cabeça. Mais do que isso, a ideia de que a teoria só faria sentido se aliada a uma prática militante também lhe resolvia, aparentemente, o problema de saber o que fazer da vida.

Minha ideia sempre foi outra: onde acima se lê "facilitava pensar" eu diria "sob a aparência das construções perfeitas e arredondadas, impedia-o, na verdade, de pensar". Mas, o que importa, aqui, a minha opinião?

Militar pela revolução, pelo socialismo, cooptar pessoas para sua organização política, a Organização, pensar dia e noite na "mobilização popular" e na "organização das massas" — com isso estava tudo resolvido para Waisman, em especial a rotina, com sua justificativa calcada na História com H maiúsculo. O mesmo H de harmonicamente, heroicamente. O remédio para dormir tranquilo, embora o mote fosse a necessidade de jamais dormir tranquilo, o que era impossível diante das misérias do mundo.

Waisman, posso assegurá-lo pois não foram poucas as conversas que tivemos a esse respeito, mergulhou no lago de superfície agitada, porém de fundo sereno e universal, da militância, como se ali lhe fosse apresentado um útero: na plenitude da inconsciência, como forma de se estabelecer socialmente. Pertencia a um grupo, era reconhecido e desde muito moço incensado e bajulado por seus pares. Mas era mais do que isso, ambos sabíamos. Aquela figura jovem, eloquente e garbosa de um líder revolucionário de cabelos longos, barbicha atrevida e olhar explosivo por trás dos óculos arredondados, por exemplo, embora eu saiba muito bem que para ele não era essa a única figura a ser, digamos, espelhada – mas isso não interessa aqui –, forneceu-lhe durante anos, aquela figura, a imagem da realização, o ideal humano apresentado de mão beijada, como se diz, uma solução icônica, estética, para a sua própria imagem – até o dia em que um jornalista mais velho, distante daquele universo, numa demonstração aguda de sensibilidade, ao conhecê-lo num coquetel em 1979, fez um despretensioso comentário. E eu fui testemunha disso.

Estávamos na inauguração de uma exposição de arte, na avenida São João, com pinturas e desenhos de um professor da Faculdade de Arquitetura e Urbanismo da USP, e naquele período aquilo era, por si só, uma espécie de ato político, como qualquer aglomeração acima de dez pessoas. Os olhos de Waisman percorreram as obras até cruzar com os daquele homem bem mais velho, renomado, idolatrado, um combatente histórico pela democracia (na verdade, pelo comunismo). E o jornalista, ao deparar com os olhos de Waisman, depois do aperto formal de mãos, afirmou: "Esse seu olhar dócil não combina em nada com o trotskismo, rapaz."

Foi um comentário em boa parte protocolar, casual, até mesmo jocoso – hoje me dou o direito de especular se não se tratou, acima de tudo, de uma bela e sutil cantada homoerótica –, mas que, sei bem, calou fundo, como se diz, na alma de Waisman. Pois Waisman sabia do próprio olhar e do que ele significava. Sabia que aquele olhar provinha de uma natureza oscilante, ouso dizer aqui, entre a credulidade ingênua, a ignorância histórica e a ansiedade pelo reconhecimento de seus pares.

E assim chego à pergunta fundamental, que sempre me intriga: o que é esse olhar de Waisman? O que esse olhar traduz, reflete, expressa? Talvez algo semelhante às perplexidades insolúveis de uma civilização pré-jeans, o que me remete, mais uma vez, ao fascínio exercido pela nebulosidade.

Uma coisa imperdoável: meu aniversário foi ontem, e você nem sequer se lembrou disso, Célio! Nenhuma palavra! Nenhuma imagem! Queria muito falar pessoalmente com você. Queria te dar uns tapas, uns socos, e depois, quem sabe, um beijinho na testa e dizer mansinha: faça o que achar melhor, mas tome cuidado. Não vá se machucar!

Tenho a impressão (há tempos) de que demoro demais para sair de uma determinada situação. Mas pode ser só impressão, pois tenho conseguido algumas vitórias também. Dizem que a beleza exterior reflete a beleza interior. Acho que comigo não é assim. Tenho me cuidado exageradamente, com muitos produtos naturais. E no espelho me vejo bem, mas sei que por dentro não é assim. Tenho dormido muito. Gosto e não gosto. Até quando acordarei com a melancolia que me despertou hoje de madrugada?

Aquela besteirada (não encontro substantivo mais apropriado para qualificar o rio de angústia que passou diante de mim durante as duas horas de conversa – um quase monólogo, a rigor – com meu pai no almoço de sábado) ficou pequena diante do que me aguardava na manhã de segunda-feira. Se, paradoxalmente, o sermão antiquado acabara por oxigenar ainda mais as minhas convicções e reforçar minha aderência não só às teses do Instituto mas também ao Projeto, logo depois de me sentar e ligar o computador no trabalho, porém, recebi sobre a cabeça aquilo que a sabedoria popular chama de ducha de água fria. A primeira mensagem na minha caixa de entrada no Outlook, logo no assunto, dizia: "Você está cheirando mal." Remetente desconhecido, não abri temendo a possibilidade de ser um vírus. De toda forma, a frase estava ali, categórica. Só podia ser um recado anônimo.

Abaixei a cabeça, de olho no teclado. Pensei: não é possível; em seguida, procedi com discrição a um autoexame e não identifiquei nenhum odor forte o suficiente para atingir um raio superior a oitenta ou noventa centímetros, distância mínima que costumamos manter dos colegas de trabalho. Senti o meu rosto fazendo caretas por conta própria, e, num desses movimentos involuntários, ergui os olhos e passei a vista no salão. Ninguém olhava para mim naquele instante; pareciam, todos, entretidos em suas tarefas. Quem teria mandado aquela mensagem?

Não compartilho o pessimismo doentio do meu pai, mas posso assegurar o seguinte: ao contrário do que muita gente imagina, sejam as chamadas organizações não governamentais, as instituições artísticas ou culturais, sejam as pequenas empresas guiadas por princípios não lucrativos, as seitas políticas ou religiosas, nenhuma dessas organizações está isenta daquilo que viceja em qualquer agrupamento humano, a saber, o escárnio, a traição, a ganância, a hipocrisia, o carreirismo, o cinismo, o maquiavelismo, a inveja, a vaidade, a camuflagem, a impostura, a falsidade, sem falar da estupidez, da pusilanimidade e da simples burrice. Em certos casos, essas "qualidades" se acentuam ainda mais — entre risos nervosos — por estarem encobertas pelo tecido mais ou menos elegante e transparente de um discurso filosófico, ideológico, humanitário

– a Causa –, qualquer que seja o seu viés (mais ou menos à direita ou à esquerda, ao centro ou num suposto lugar nenhum). É triste e dolorido porém incontestável. Quanto antes nos dermos conta disso, menos profunda será a inevitável e lastimosa – afinal, também a ingenuidade integra esse quadro – decepção.

Nesse cenário realista e banal, quem quer que tivesse mandado aquela mensagem jamais se identificaria, mesmo sem querer, ao menos não naquela hora.

Antecipei para as dez e meia uma reunião prevista para as onze horas cuja pauta era: como preparar um "coletivo de facilitação" para uma oficina intitulada "Como conciliar o desenvolvimento humano com a evolução local". No momento em que entrei na sala, minha meta principal, se antes seria orientar e estimular a equipe a agir como protagonistas – mais do que mero coadjuvantes – dos *avanços positivos* da sociedade, passou a ser a de buscar no comportamento de cada um dos presentes os traços denunciadores da autoria da mensagem. Nada feito: todos me olhavam com absoluta normalidade.

Você não está certo. Logo após falarmos por telefone, conversa inacabada, você não dormiu em casa. Sei porque liguei e você não atendeu. É procurei entender. Ontem, nenhuma razão aparente poderia fazer entender a sua reação. O que é pior, uma vez que mostra que, mesmo sem poucas e grandes razões, a explosão está na garganta. Eu não sei o que você decidiu nesta noite de merda que cada um passou; de qualquer forma, acho que não pode ficar o dito pelo não dito. O dado pelo acaso. Estou aqui, disposta a ir fazendo o que a pequena conversa tinha iniciado. E ainda para mim está cedo para gritos e sussurros. É isso o que eu tinha a dizer. Uma noite é muito pouco para fazer reaproximar ou afastar amigos e amantes.

E screvi, algumas páginas atrás, que o ressurgimento de Rogério, em circunstâncias tão inu-
sitadas, provocou um revertério na decisão de
Waisman de deixar o Brasil em busca do passado.
Mas talvez se trate, na verdade, de uma etapa anterior dessa mesma busca. Antes de qualquer mudança
geográfica, acredito, Waisman precisava encontrar
o sogro sessentão do comprador de seu terreno de
Itu por uma razão que, sim, tem muito a ver com o
seu passado, aquele mesmo que buscaria em Paris,
mas que não se resumia ao episódio do acidente
automobilístico na Fernão Dias.

Ocorre que esse homem, reaparecido anos depois, também tinha, é claro, a sua própria história.
E essa história, Waisman desconfiou após vender o
terreno, cruzara-se com a dele (a nossa?) de forma
muito, eu diria, arriscada.

Ainda conforme o relato de Rogério no jantar
comemorativo pós-acidente na Fernão Dias, ele,
assim como Waisman, frequentara bastante a Maison du Brèsil, na Cidade Universitária de Paris, no

final dos anos 1970. O que significa que compa-
recia às diversas atividades organizadas ali pela
comunidade brasileira, na qual predominavam estudantes de esquerda ou exilados políticos. Esse
aspecto, porém, passou como uma curiosidade
naquela noite, uma coincidência em nossas vidas.

Agora, porém, no reencontro ocasionado tantos anos depois pela negociação do terreno de Itu,
essa curiosidade ganhou nas lembranças de Waisman uma coloração diversa, como se alguns pontos
antes dispersos passassem a se conectar em busca
de algum sentido. E a fisionomia do Rogério jovem
começou a assombrar o meu amigo.

Após um ato público pela anistia realizado na
Maison du Brèsil, eles teriam conversado, inter-
cambiado afinidades sobretudo político-ideológicas
e, por iniciativa de Rogério (pelo olhar, pelos traços
bem marcados do rosto, Waisman, bom fisionomis-
ta, tinha agora quase certeza de que era ele, embora
na época usasse barba, cabelo comprido e não por-
tasse óculos), cuja personalidade e visível experiência acumulada (até por ser bem mais velho) súbito
cativaram meu amigo, resolveram marcar um encontro, três dias depois, para participar de outro
ato, no Quartier Latin, e conversar melhor em um
bistrô qualquer. O local, indicado por Rogério, foi

a saída de uma estação de metrô no bulevar Saint-Michel. Waisman pediu-lhe um número de telefone ou endereço para poderem se comunicar no caso de algum imprevisto, mas o outro preferiu não deixar coordenada alguma.

No dia previsto para o encontro, porém, Rogério — o mesmo homem que muitos anos depois se tornaria autoridade numa tecnologia ainda pouco aplicada: o reúso de água residencial — não apareceu. E nunca mais se cruzaram na capital francesa. Na mente de Waisman ficaram guardados, no entanto, ainda que envoltos por alguma nebulosidade (ei-la de volta!), os traços daquele rosto ainda estranho.

É compreensível — importante ressaltar aqui — que esses mesmos traços não tenham sido identificados nem sequer chamado a atenção de Waisman em meio ao desarranjo que tomara conta dele por ocasião do acidente na Fernão Dias, quando entrou em uma espécie de estado de choque do qual ainda não se havia recuperado na noite do jantar comemorativo, evento, diga-se, marcado por um clima de absoluta gratidão ao casal socorrista.

Nenhuma notícia houve a respeito do eventual desaparecimento de um exilado com as características de Rogério — sendo que tais rumores costu-

mavam circular na comunidade parisiense de brasileiros aos borbotões e em velocidade a jato. Desse
desencontro no Quartier Latin nasceu em Waisman
a desconfiança de que Rogério não era um militante de esquerda, mas sim um agente infiltrado por
algum órgão ligado à ditadura militar atuando junto aos exilados na França. Essa dúvida, que também
foi minha durante anos, nunca se esclareceu.

Diante do ressurgimento de Rogério a partir
da negociação do terreno de Itu, fica muito difícil,
eu entendo bem, concretizar a ida ao passado parisiense sem antes solucionar essa espécie de dilema:
por que, depois de ter sido tão aberto e tão insistente nas conversas iniciais, Rogério simplesmente
desaparecera? Por que não só faltara ao encontro
na estação de metrô como também deixara, de repente, de frequentar a Maison du Brèsil?

De repente deu um branco. Fiquei pasma. Daí só podia mesmo inventar alguma mentira, furar tudo que é encontro e pirar, para não dizer bundar. Muitas vezes sem ficar pensando muito. Sabe, parece que não foi só o corpo que mudou. Até a cabeça. Raios! Não deu nem tédio ficar um dia assim, sem fazer nada de objetivo e de ativo. Fiquei transando as caras das pessoas, a raiva da minha mãe (tá puta com o judeu!). Onde já se viu? Conversão... Daí fica uma espécie de segredo quando pinta o velho Milton... "Hihihi, pai, você nem imagina o que te espera!" E eu dou risada. Às vezes pinta medo. Até quando? Será que pinta filho? Dissolve? E, se não dissolver, pinta ser careta. Ah! Mas não é. É tesão telúrico que sozinha não dou conta! O clima propício para umas loucuras. Casa, cozinha, vida. Ter o Célio sempre ao lado. Noites e noites. Saca, eu não sou chata, não. Vai ser legal. A minha chatice deve ser da situação que se criou. Eu vou ser legal pra caralho. Mesmo carregando esse sobrenome comprometedor: Waisman. Você vai ver! E depois... sei lá... revolucionário é quem saca qual é o seu destino e trabalha por ele, para ele. Por isso, eu não tenho nenhum medo moralista de dizer que estava escrito nas cartas. Só fiz foi trabalhar. E deu no que deu. Agora tá apaixonite aguda. Me sinto bela e amada. Quer coisa melhor que isso? Vou continuar trabalhando e areia nenhuma vai entrar nos planos. Lavando toda noite o par de meias do dia. Filhos? Uma porção. Tudo a cara dele. Assim, com essa cara gozada que você tem. E bem desarrumados... de colete e tudo. Vão ser a cara do pai. Sem badalações. Tô acesa. E para pirar! Tô até com vontade de pintar, desenhar de novo como antes, dançar, sei lá! De pedir bis em qualquer show. Ou não?

Nas minhas lembranças, um episódio se encra-
vou de modo crucial na vida de Waisman.
Pela importância que teve, vale a pena, creio, con-
tá-lo aqui em detalhes, alongando-me um pouco,
pois foram esses detalhes, na verdade, que torna-
ram esse caso tão especial.

Éramos três à mesa, em algum dia de abril de
1986, no salão de café da manhã do hotel Eldorado,
na avenida São Luís. Nosso dirigente mais talentoso (vou chamá-lo aqui de B) parecia desesperado.
Seus olhos não largavam os de Waisman, como se
qualquer desvio pudesse expô-lo ao ridículo, sig-
nificando que ele, Waisman, não teria mais nada
a dever a ninguém, muito menos a B. Queria pren-
der seus olhos com a força do olhar. Waisman,
porém, cobrindo-se de uma insolência inespera-
da, interessava-se sobretudo pela salada de frutas
e pelo croissant de presunto e queijo; queria o café
bem quente, puro e forte; e suco de laranja sem
açúcar; geleia de amora na torrada e um pedaço de
bolo-mármore; queria iogurte natural. B, à minha

frente em sentido diagonal (ou seja, bem na frente de Waisman, que estava ao meu lado na mesa), mostrava-se aflito.

Embora ele próprio repudiasse essa imagem, Waisman era visto na Organização como um jovem talento submetido à "área de influência" de B, para quem, segundo essa visão, "operava" informalmente. Durante alguns anos, B fizera questão de manter o meu amigo na mesma célula que a dele, além de integrá-lo, bem como a mim, diga-se, a tarefas ligadas à pequena editora mantida pelo grupo, por ele dirigida. Não posso deixar de registrar também que, se eu mesmo me elegi para integrar o Comitê Central e depois a Comissão de Ética da Organização, foi também por impulso e articulação de B.

Dali a uma hora haveria uma reunião decisiva do Birô Político, o restrito núcleo dirigente do Comitê Central. "O pessoal fala em olho por olho, dente por dente, mas não sabe que isso é da Justiça Divina", dizia B, cheio de ironia, é claro, pois, ateu, ansiava antes de tudo por dardejar quem quer que, na sua presença, falasse em fenômenos extraterrenos. Mas também porque queria, sim, vingança, e se vingança significasse ao mesmo tempo justiça, melhor ainda. Era um homem pragmático: de toda a sua história, guardo o senso de adaptação às circunstâncias, o vício de se curvar diante delas como se delas não fizesse parte. Para cada lufada de vento, tapa de asa de pássaro ou ardor na língua, um tremor na têmpora direita, o hirto trêmulo nos lábios; acumulando-se com o tempo camadas de pele e tecidos adiposos esgarçados, não só no rosto imberbe mas no peito, e em tudo, eu sempre assim imaginava, descendo-lhe até os pés de dedos tortos, em especial aqueles mindinhos aleijados que tanta desfaçatez concentravam ao final de cada jornada.

O que mais nos impressionava, nele, não eram as ideias ou o raciocínio rápido – afinal, isso tudo podemos manejar de uma forma ou de outra e o ritmo, a rigor, nem pesa tanto para o resultado final dos confrontos; além do quê, com o passar do tempo ficava sempre mais claro que por trás de muitas palavras ou ideias abstratas tudo o que existe, quase sempre, é um grande vazio –, mas aquele ímpeto, a determinação, até mesmo a arrogância, a disposição de ir até as últimas consequências a qualquer momento; surpreender pela ousadia. De onde vinha essa força? Talvez a isso é que se dê também o nome de carisma, algo que não lhe faltava.

A partir de um momento impreciso, porém, no café da manhã em que B procurava nos aliciar na polêmica que envolvia a Organização – em especial

Waisman, a bem dizer, que tinha uma razoável liderança interna, bem acima da minha —, todo sentimento pareceu inoportuno, portador de lembranças nefastas que deviam, acima de tudo, estar enterradas. Lembranças dos anos anteriores, quando o próprio B, apesar da real proximidade ideológica, atuava no sentido de sufocar uma possível ascensão de Waisman na hierarquia da Organização (e nós sabíamos, muito bem, o motivo: Flora. Flora sempre foi *o* motivo de tudo, eis a questão; B fazia uma espécie de jogo duplo com Waisman: se por um lado incensava-o, por outro, lhe cortava sempre que possível as asas; no fundo, buscava aproximar-se dele apenas, logo constatei, para também se aproximar de Flora).

Tanto fez, no entanto, tanto dramatizou (chegou a ficar com os olhos marejados), tanto torpor incorporou no salão do hotel Eldorado, que conseguiu, por alguns momentos, anestesiar-nos. Esclareço: no Comitê Central eu sempre acompanhava Waisman nos votos, o que era, nos tempos em que se permitia ali um pouco de humor, alvo de saudáveis gozações; por esse motivo é que B me convidara para o café da manhã, na esperança de que eu pudesse de alguma forma influenciar o pensamento do meu amigo. Deixando tudo ainda mais claro:

éramos "peixinhos" de B, e ele agora se sentia no direito – precisava, de certo modo –, como se diz, de cobrar a fatura.

Ao deixarmos o salão, parecia aliviado e convencido de ter conquistado pelo menos mais um voto para as suas posições, que seriam dali a pouco confrontadas com outras no Birô Político. Eu e Waisman não trocamos nenhuma palavra. Apenas nos despedimos na praça Dom José Gaspar. "Depois telefono e te conto tudo", disse ele.

Na reunião, logo a seguir, Waisman permaneceu a maior parte do tempo calado. Não se posicionou. Quando teve de fazê-lo em votação, optou pela abstenção, deixando B desacorçoado, decepcionado, irado.

Foi em meio a esse clima – em que nove pessoas cujo cotidiano fora desde muitos anos compartilhado de modo amistoso em uma convivência fraterna sem meias palavras e que agora se engalfinhavam a cada minuto entre comentários sarcásticos, muita ironia e provocações, eu diria, inclusive infantis de parte a parte –, que aconteceu o episódio talvez mais traumático, em termos emocionais ao menos, da trajetória interna de Waisman na Organização.

Em torno de uma mesa oval de madeira escura, numa sala com não mais do que trinta metros quadrados, o ar tomado por fumaça de cigarro, as divergências entre as duas facções principais atingiam o auge, com os ânimos bastante acirrados, como se diz. H (também não preciso mencionar o nome completo), líder principal do grupo (e desde sempre majoritário, diga-se) que se opunha à linha defendida por B para a ação política, redigira um documento em que acusava seu rival de preparar um racha político, usando aquela discussão conjuntural apenas como pretexto. Exibiu ali o documento, manuscrito, na frente de todos os membros da direção, o corpo todo a tremer, acrescentando que por enquanto não o divulgaria, mas que estava repleto de provas a serem usadas no momento certo caso B não recuasse, e brandia-o sobre a mesa aos berros.

Nesse instante, depois de, igualmente aos berros, questionar a afirmação perguntando "Quem está falando em ruptura? Quem está falando em ruptura?" e acusar o outro: "Você é que está falando em ruptura, está provocando isso, e a prova é esse documento que não tem nem pode ter prova nenhuma", depois de, enfurecido, tentar jogar então sobre as costas de H a responsabilidade por um eventual racha, B, que estava bem de frente para ele, arrancou o documento das mãos do colega de direção, num gesto tão inesperado quanto torpe, levantou-se e subiu pulando degraus uma escadaria em direção à máquina de xerox da Organização.

H gritava: "Devolve isso aqui, seu bandido, devolve isso..." Alguns se levantaram, perplexos, até que B retornasse com sua cópia nas mãos, devolvesse ao outro o original e proclamasse: "Agora sim, podemos seguir em frente na discussão." Enquanto H, o rosto quase explodindo em fúria, declarava: "A reunião está encerrada."

Seguiu-se um tumulto que Waisman – o caçula do Birô – nunca tinha presenciado, e sua sensação foi a de estar diante de algo muito próximo do gangsterismo político no próprio coração do grupo, bem ali onde, nas suas – e minhas – expectativas ingênuas, deveriam reinar, apesar das eventuais divergências, a amizade, a tolerância e o respeito. Não lembro bem o que se sucedeu (creio que a reunião teve alguma continuidade; e o mencionado racha, registre-se, de fato se consumou, não sem traumas e mágoas, poucos meses depois), mas esse episódio breve porém contundente e sintomático, posso afirmar, precipitou a ruptura, isso sim, na relação pessoal de meu amigo com a militância que tanto o absorvera durante mais de uma década.

Depois disso, com o passar dos anos, todos os sentimentos tinham sido dissolvidos em Waisman, menos o medo — medo permanente de ver a partir de então as lembranças ganharem solidez, rasgando a indiferença. Pois colocava acima de tudo o seu projeto pessoal, digamos, e as tais lembranças dos tantos anos de militância política em comum, se eram de muita cumplicidade, batalhas compartilhadas e riscos assumidos, eram também de muitos ardis, tropeços e traições.

Mantenho comigo, desde sempre, certa dúvida em relação à capacidade de Waisman de nutrir afeição autêntica por alguém. Tenho dificuldade para julgar até que ponto ele vê na relação com os outros, ou seja, *nos* outros, meros pontos de apoio para construir ou levar adiante o seu "plano", embora nem sequer saiba, tenho certeza disso agora, qual é. Algo, porém, parece certo: naquele dia o seu "plano" era, ele sim, vingar-se de B, de tudo o que este lhe havia infligido, pelas costas, ao cortejar Flora — já então, deixemos claro, casada com Waisman — por tanto tempo e com a mesma insistência com que defendia o materialismo dialético.

Pensando mais uma vez em fungos e outros possíveis microrganismos nocivos à saúde, ocorreu-me, na hora do almoço, a ideia de depilar as *partes baixas*. Jamais imaginara passar por isso um dia, a não ser caso uma cirurgia incontornável o impusesse. Dois dias antes, inclusive, tinha repudiado essa possibilidade. No entanto, se queria mesmo sustentar o Projeto, algumas medidas, como essa, se mostravam imperiosas.

À saída do Instituto, comprei um aparador de barba elétrico e um gel de barbear para peles sensíveis. Em casa, fui ansioso ao computador e pesquisei métodos de depilação masculina. Achei o que queria. Em seguida, banheiro. Liguei e vi que, apesar de novo, por sorte a bateria do aparador estava carregada. Tirei a roupa e sentei no vaso sanitário.

Com cautela – e muito medo –, comecei por aparar os pelos do saco; não para eliminá-los na totalidade, mas para ao menos diminuí-los bastante, imaginando usar em seguida a gilete com três lâminas para raspar tudo. Do saco fui para a área em torno do pênis, sempre devagar, tirando o excesso. Levantei-me para ver no espelho o resultado parcial da operação. Era ridículo, mas estava certo. Voltei a me sentar no vaso. Espalhei o gel por toda parte, sem economizar (confesso que surgiu o início de uma ereção, mas sufoquei-a com rapidez concentrando-me apenas no trabalho). Segurei o pênis para baixo e comecei a raspar a partir dele para cima, até o umbigo; em seguida, segurei-o para o lado esquerdo e raspei ali, bem como uma parte do saco; fiz o mesmo do outro lado; depois segurei o pênis para cima e desci da sua base até o final do saco, sempre esticando muito o próprio, para não correr o risco de me cortar. Pronto, estava depilado! As instruções implicavam usar água, nesse momento, para enxaguar tudo, lavar etc. Optei, no entanto, fiel ao Projeto, por passar um pouco mais de gel com a intenção de amaciar a pele, que estava irritada; deixei que ele a cobrisse durante uns três minutos e me limpei com a toalha. Para uma primeira vez até que tinha me saído bem. Agora bastava administrar, raspando uma vez por semana ou algo assim.

Saí para festejar a ideia e sua concretização inicial comendo um cheeseburger na padaria da esquina.

No dia seguinte, na piscina da ACM, foi tudo muito estranho. Uma sensação física, eu diria, engraçada, que eu não experimentava desde as primeiras ereções quando a empregada lá de casa, safada e a meu pedido, me ajudava a enxugar o corpo, dos pés à cabeça, depois do banho.

Wilson Waisman, vamos lá, falemos dele. Nasceu na segunda metade dos anos 1950 – algo entre 1955 e 1956 – em São Paulo, nas imediações da rua José Paulino. Fisicamente, desde a adolescência, emanou firmeza. Era bom nos esportes, parecia não ter medo de nada em um grau acima do que isso costuma ocorrer entre a juventude. A partir dos vinte anos, adotou um bigode denso, algo bastante raro na nossa geração, mas que, na minha visão, expressava força de caráter. É um detalhe, porém, na verdade, a persistência dele em manter esse bigode antiquado (até hoje) apesar das constantes críticas (mais ou menos jocosas) dos companheiros, causava inveja em mim, no mínimo alimentava o respeito e a admiração que tinha, desde sempre, pelo meu amigo. Falava com muita rapidez, atropelando palavras, às vezes frases inteiras, como se a fala não acompanhasse a velocidade do raciocínio.

O pai, Gersh Waisman, engenheiro elétrico, um dos milhares de refugiados da Áustria anexada pela Alemanha no final da década de 1930, fez o que estava ao seu alcance para torná-lo médico ou advogado, mas encarou a frustração de vê-lo quase abandonar os estudos ao final do segundo ano colegial para virar um ativista de tintura ideológica avermelhada porém numa palheta oscilante, como são de fato as cores conforme a variação da luz do sol.

Embora ativo, trabalhador, mergulhado o tempo inteiro no presente, não tinha planos de cunho pessoal. Não conseguia desenhar para si nenhuma meta para além do objetivo coletivo que levava o nome mágico de Revolução. E um homem sem planos pessoais pode até ter uma vida, um emprego, mas não é um homem de verdade – o próprio Waisman, embora o negasse, sabia, e sabe, muito bem disso.

Conheci Waisman em atividades esportivas, algumas competições entre escolas judaicas (as Macabíadas interescolares). Conquanto pertencendo a movimentos de juventude diferentes, rivais em certo sentido (ele no Hashomer, de perfil esquerdista; eu na CIP, algo, digamos, reformista), colamo-nos tanto um no outro que a certa altura, quando pensamos em criar algum negócio juntos no futuro, o nome óbvio e imediato para o empreendimento seria 2W.

Importante selar aqui o fato de que, no terreno da militância política contra a ditadura militar, nossa aproximação teve como momento inaugural a famosa invasão da PUC, em 1977, quando, embora não militássemos no movimento estudantil, fomos colocados junto com centenas de outros jovens no terreno em frente à faculdade e levados em ônibus da CMTC para o quartel da avenida Tiradentes, o Tobias Aguiar, onde uma vez fichados, passamos a noite trocando ideias e sonhos infindáveis. Waisman já pertencia à Organização, e foi a convite dele, nessa noite, que passei a integrá-la também.

Mas paremos por aqui. Não sei por que fico falando de mim. Não é o que interessa. E minha importância, nesta história, é equivalente a zero.

Uma conversa pelo telefone hoje na hora do almoço com uma amiga grávida. Mais ou menos assim: "... Não pode engordar mais de dez quilos. Tem que fazer ginástica todos os dias. Eu sei que você se olha no espelho todo dia (que nem eu!). Tem dia que se gosta. Tem dia que não. Gosta da cara, do peito, da barriga. Mas não gosta da bunda e da coxa. Eu não gosto do meu nariz. Então, quando eu ficar grávida não terei tanto problema: o nariz não muda (ou muda?). Mas estou ficando com celulite. Então, também terei problemas. E como eu sou mais peituda, vou ficar que nem vaca-leiteira (esse risco você não corre). Em compensação, você tem que emagrecer para depois engordar. Compra um grill: faz carne na grelha. Termina com arroz, pão, massa. E não aceite jantares comemorativos da comunidade. Já basta ter Natal, Ano-Novo... Fala com a tua sogra. Arranja grana. Te cuida, amor. Depois, mais para a frente, a vontade de comer passará..."

O que você acha disso tudo, Célio? Ou não te diz nada? Coisa só de mulher?

Há pelo menos uma meia verdade no que escrevi até agora.

O adiamento da ida de Waisman para a França após a separação de Vilma não se deveu apenas ao reaparecimento improvável de Rogério em nossas vidas – mediante o reconhecimento tardio de suas feições – e à consequente necessidade que meu amigo sentiu de tentar responder à interrogação quanto ao papel cumprido por esse homem entre os brasileiros exilados em Paris. A isso, como se já não bastasse, se soma o mesmo motivo pelo qual me entrego, aqui, a estas páginas: o diagnóstico fatal de Flora e sua recusa absoluta a se submeter a qualquer tratamento.

Vejo que a iminência palpável de mais esta perda, se em mim produz pavor, na certa alimenta a recém-adquirida perturbação nas atividades mentais de meu amigo.

Aprendi com o passar dos anos que todo relacionamento tem um prazo de validade. No nosso caso (Flora, Wiesen, Waisman), porém, essa regra elementar adquiriu muitas nuanças. Para tentar abordá-las – apenas abordá-las, pois explicá-las ou entendê-las seria tarefa muito acima das minhas qualificações intelectuais –, parece-me necessário voltar ao começo de tudo.

Vale a pena conhecer essa pequena história.

Waisman sentia desde a adolescência uma queda pelo desenho; chegou a fazer alguns cursos e desejava tornar-se pintor. A entrega à militância política, porém, afastou-o desse sonho. Certa vez, em Paris, onde estava por razões políticas (participação em reuniões com militantes de diversos países), resolveu passear no horário do almoço em torno do Museu do Louvre. Enquanto fumava um cigarro apoiado numa das fachadas do enorme edifício (ainda não havia a pirâmide de vidro), avistou sentada numa escadaria adjacente uma jovem miúda de pele morena e cabelos pretos longos. Ela se acomodara num degrau, em posição desconfortável, para desenhar um casal sentado amorosamente num dos bancos de pedra, a poucos metros de distância. A pose do casal atraíra a atenção da moça – e a cena dessa moça compondo o desenho atraiu a atenção de Waisman. O que ela via de tão modelar naquele casal? A mulher apoiava o rosto nas costas do parceiro, ambos aparentando cansaço; turistas, sem nenhuma dúvida. Assim permanece-ram, e a moça morena a desenhá-los, e Waisman atrás da moça, tentando se aproximar ao máximo sem perturbá-la, a dois ou três metros, sem que ela notasse – ao menos assim lhe parecia.

O casal se levantou depois de alguns minutos, cada um ajustou sua roupa no corpo, e partiu abra-çado. A moça então fechou a pasta e partiu tam-bém. Parou em outro canto. Os pés de Waisman, àquela altura, estavam doloridos. Notou que um rapaz, a uns cinquenta metros de onde ele estava, fotografara toda a cena: o casal, a moça desenhan-do, ele próprio. E, atrás desse fotógrafo – mais um turista –, uma das inúmeras câmeras de vigilância do museu registrava a mesma cena de uma forma ainda mais ampla: o casal, a moça, Waisman e o fotógrafo. Foi em Paris, então, que ele se reen-controu, sob a forma de uma mulher, com o sonho adolescente de ser pintor.

A moça, ele soube minutos depois, chamava-se Flora Sarda Soihet; era judia também, de origem meio grega meio bessarábia. Nome exótico, ori-gem exótica. E, ainda por cima, brasileira. Penso que Waisman talvez tenha se inibido, logo de início, com essa excentricidade tão extrema. E, se ele tiver mesmo se inibido, eu, então, estivesse no seu lugar, o teria muito mais.

Seguiram-se, pelo que me foi contado por ele semanas depois, os dias "mais tórridos" (palavras de Waisman) de sua temporada parisiense. Começo feliz de um espetáculo teatral no qual eu entraria apenas no segundo ato.

Eram três da tarde de quinta-feira – décimo primeiro dia do Projeto – quando recebi um telefonema informando que minha mãe fora internada. Vinha sofrendo dores intermitentes nos últimos meses, algo que eu não acompanhava de perto porque ela mesma fazia questão de esconder, e agora o médico a obrigara a se submeter a uma cirurgia de extração da vesícula. Tudo bem simples, garantiu o doutor, mas, de todo modo, sendo filho único e ela também, teria eu de passar pelo menos uma noite como seu acompanhante no hospital – e tinha de ser aquela noite.

Cheguei ao Albert Einstein – um bom convênio médico era o melhor patrimônio que meu pai tinha deixado para ela depois da separação – por volta das sete. Minha mãe acabara de despertar da anestesia. Embora grogue, logo me reconheceu e sorriu de leve, um riso bem forçado, em minha direção. Dura na queda, não procurou dramatizar. Ao contrário, disse com rispidez que em dois dias no máximo sairia dali para continuar com suas oficinas de desenho, de onde havia décadas tirava a renda básica que lhe permitia autonomia em relação aos ganhos do (agora ex) marido jornalista.

— Isso da vesícula é café pequeno, Célio. Dentro de mim tem coisa muito pior, pode acreditar. Está tudo podre. E sem remédio.

Logo veio o jantar, inclusive o meu, e, depois de algumas visitas protocolares de médicos e enfermeiras, acabamos nós dois sozinhos, a televisão ligada em baixo volume exibindo um filme de canal a cabo. Foi a partir desse momento que, mesmo com a voz pastosa, abalada pelos medicamentos, olhando sempre para o teto, minha mãe começou a falar.

— Seu pai nunca me mereceu, sabia? Nossa separação foi apenas formalizada porque, na verdade, nunca estivemos juntos, ele sempre foi um egocêntrico, só pensa nele... Não sei quantos casos teve fora do casamento nem me interessa, o que me interessa é que poucas vezes eu deixei de me sentir, no fundo, uma mulher solitária... E, para dizer a verdade, ele também não sabe da missa a metade, Célio, não tem ideia do que passou e do que passa dentro de mim, essa é a verdade. Mais ou menos como você, aliás. O Wilson se vangloria há décadas do passado militante... Grande merda... E o presente? O que ele faz agora além de sacar todo mês o dinheiro da aposentadoria precoce? Essa mulher que ele arrumou, e agora também parece que já se separou, essa Vilma, sei lá, a vida do seu pai é cheia de dáblios, não é?

— O nome dela é com "v" — eu corrigi.

— Pouco importa. O som é o mesmo, o que mostra quão limitado ele foi, é e será. Saiba que, se não fosse pela minha interferência, você se chamaria William, pode acreditar... Essa aí deve ser uma vaca, ou então é muito idiota para ter gostado dele no estágio em que ele se encontra... Não só vinte quilos acima do peso, mas com o cérebro atrofiado, isso sim... Nenhum telefonema para mim há meses, nem com a notícia dessa merda de doença, e agora tenho certeza de que nem vai aparecer aqui...

Eu acompanhava o raciocínio (dá para chamar assim essa sequência de palavras?) em silêncio, entendendo que ela precisava desabafar para alguém. Ao mesmo tempo, observava como ela mesma, muito magra, tinha envelhecido; pela primeira vez eu me detinha permitindo-me enxergar a passagem do tempo na pele da minha mãe. Não o meu tempo, mas o tempo dela, o tempo do meu pai. Eu, filho único, cambaleando entre um e outro.

Ela prosseguiu com os ataques ao meu pai por vários minutos, até que se cansou, a voz foi perdendo vigor.

— Estou cansada.

Desliguei a televisão, arrumei os lençóis e o travesseiro no sofá-cama de acompanhante. Antes de me deitar, porém, saí do quarto para dar uma voltinha pelo corredor do hospital.

— Como está a dona Flora? — perguntou-me uma das moças do posto de enfermagem.

— Muito bem — respondi. — Acho que adormeceu.

Caminhei uns quinze minutos preparando-me mentalmente para mais uma noite maldormida.

As sofridas e traumáticas peripécias de Gersh Waisman em sua fuga com a família para o Brasil na década de 1930 sempre deixaram sombras na mente do filho, embora este não gostasse de falar sobre o assunto. Na verdade, a relação de Waisman com sua origem judaica sempre foi de atrito – um tema, nem sei muito bem por quê, perturbador. Nunca pude entender, por exemplo, por que Waisman, ateu declarado, insistia em tentar construir nexos, combinar o que ele chamava de elemento dionisíaco do hassidismo (do qual seus avós, como contava Gersh, eram adeptos na Europa oriental) com a racionalidade dos livros, do desenho para ele sempre lúcido, inquestionável e bem traçado pelas teses derivadas do marxismo. Eu boiava, quando meu amigo dizia haver "centelhas sagradas" até mesmo nas ações humanas mais pecaminosas ou maléficas. Era uma combinação impossível, não tinha como dar certo.

Waisman estava convencido de ter nascido para o bom e o belo. Mas sentia, também, que uma mudança gradual em seus padrões cerebrais se operara ao longo dos anos. Não tenho direito ao bom e ao belo? Não mereço o bom e o belo? Para ele, a força motriz, em todos nós, é sempre formada por aquilo que já conquistamos, aquilo que conseguimos realizar antes, até uma hora atrás. Sempre me disse: as ações devem partir de você para os outros, não o contrário, Marquinhos. Chega de ficar pensando apenas nos outros. Você tem de impor respeito, entende?

Não conseguia viver a raiva com a mesma precisão cirúrgica que lhe recomendava a psicologia. Queria olhar mais para si, apreciar melhor seus avanços e recuos, medi-los com seus próprios parâmetros, olhar menos para os outros em sua tela mental, usando a imaginação para potencializar as emoções em vez de sufocá-las na garganta ou, pior, no estômago – minha especialidade, aliás.

Muitas vezes, em nossas conversas, aludia a uma passeata de trabalhadores de hospitais, clínicas, laboratórios de análises e funcionários de postos de saúde realizada na avenida Paulista no fim de 1981 em que, escrita em várias faixas ou cartazes, predominava uma instigante palavra de ordem: "Médico, chega de ser paciente!" Waisman buscava isso:

queria ser ainda mais irrequieto, deixar de ser paciente, em todos os sentidos.

No fundo o que predominava nele era uma melancolia cavada, incrustada, uma expressão permanente de insatisfação que os movimentos frenéticos e incessantes do corpo mal conseguiam disfarçar. Muitas vezes comentou comigo, em tom irônico, sobre a sensualidade homoerótica dos murmúrios e movimentos dos homens ao rezarem na sinagoga, gemendo, suados, balançando-se, para a frente e para trás... "Tem horas que aquilo parece evoluir para uma suruba talmúdica, Marcos", comentou Waisman durante um lanche que tivemos à tarde, ambos já na universidade, supostamente em plena posse de nossas faculdades mentais, depois de ele passar horas a pedido do pai em um Yom Kippur na pequenina sinagoga frequentada pela família na rua Guarani, no Bom Retiro.

"Pode ser", eu respondia.

C ontei para uma amiga, que você conhece, sem titubear: ele sabe muito bem quando estou por perto. Se não for pelo tom da minha voz será pelo meu perfume. Não posso esquecer isso, aqui, sob pena de estar desrespeitando não a ele, mas principalmente a mim mesma. Arrisco-me, e isso é que confere graça à minha vida, se você me entende. Ajo sem refletir, e este talvez seja o meu erro, ou acerto, mas não faço nada que eu mesma não julgue fazer sentido ou ser o melhor em determinada circunstância. Minha regra é simples: pessoas que me cumprimentam, eu cumprimento; pessoas que não me cumprimentam, eu não cumprimento. Saúde? Cuido dela, embora precise do meu corpo de alguma forma fragilizado para me sentir mais viva. Você de alguma forma me despreza, Célio, Celito, Celito, embora se negue e sempre se negará a admiti-lo. Outra regra: antes ser rei por um dia do que ser príncipe a vida inteira.

P reciso contar como foi o momento em que me encantei por Flora de forma definitiva. Lá se vão mais de trinta anos, mas trago na memória muitos detalhes desse acontecimento tão crucial em minha vida. E talvez se revele aqui um lado oculto dela, quase ignorado pelas pessoas que a conheceram.

Era final de tarde de uma sexta-feira, dia da semana em que, como estagiário num grande escritório de advocacia, eu podia sair um pouco mais cedo. Nunca senti necessidade de comprar roupas novas, a não ser quando as antigas, de tão puídas, não me deixam alternativa. O mesmo vale para os calçados. Naquele dia, precisando comprar um sapato novo, item do vestuário essencial para quem frequenta fóruns e tribunais com assiduidade, resolvi passar no shopping center que fica a duas quadras do meu local de trabalho.

Compra feita, a sacola na mão, avistei ao descer a escada rolante duas mulheres paradas diante de uma vitrine de roupas femininas. Pela postura assimétrica, pelo modo de mover os braços e o rosto, assim como de andar e se comunicar, uma delas, toda vestida de vermelho, era visivelmente afetada por algum tipo de distúrbio congênito. A outra, fácil deduzir, fazia-lhe uma companhia encomendada, levando-a pelo braço, tratando-a de forma maternal. O que me chamou a atenção nessa segunda mulher foi, de início, a roupa, toda preta, e sua magreza, mas também a gentileza ostensiva com que tratava a companheira (seria uma paciente?). A maneira como a conduzia, dando à moça de vermelho a possibilidade virtual, a sensação de determinar o ritmo e a direção do passeio; aos meus olhos, era uma encenação encantadora. Quando se virou delicadamente para dar um espirro, vi que era Flora, já então casada com Waisman. Uma mulher do tipo espalha-brasas, agitada, fumando um cigarro, mas que ali, na companhia daquela outra mulher, exibia, para quem quisesse ver, um lado quase improvável, até mesmo secreto (será que Waisman chegou a conhecer, em tantos anos de convivência, esse lado de Flora?). Foi nessa hora que tive a certeza de que a amaria e de que, por isso mesmo, teria muitos problemas pela frente.

B iscoitei o café da manhã de acompanhante e deixei o Albert Einstein cedinho, sonolento, com a intenção de chegar ao Instituto antes do horário normal (nove horas), cumprir minhas tarefas e, com a devida autorização do superintendente, o engenheiro Antonio Aidar (também conhecido nas correspondências internas como AA), voltar ao hospital logo depois do almoço. Em quarenta e cinco minutos estava na Paulista. No Instituto só havíamos, então, eu e a moça da faxina, a quem, para evitar possíveis especulações ou mal-entendidos, logo expliquei o motivo de ter chegado antes da hora.

A tarefa mais relevante do dia era preparar um workshop a ser ministrado dali a uma semana em um escritório de advocacia de Campinas pela principal coordenadora de oficinas do Instituto, Nélida, colaboradora que eu mesmo tinha formado. Faltavam vinte para as nove quando, embora concentrado na leitura de uma pesquisa sobre hábitos de consumo na Noruega, ouvi passos apressados vindos do outro lado do salão. Nossa reunião estava agendada para as dez e meia, mas Nélida acabava de chegar, esbaforida, os cabelos lisos sobre os ombros, um pulôver bordô e um sapato de salto baixo que me parecia mais apropriado para o verão.

Jogou a mochila e alguns livros sobre a sua mesa, situada a uns dez metros da minha, emitiu um "Bom-dia, Danda" para a faxineira – afoita a lavar os copos e as xícaras individualizadas do pessoal – e avançou ao meu encontro numa velocidade e com tal ímpeto que parecia que ia me agredir.

Espantado, ergui os braços instintivamente, um apelo gestual pela não beligerância, mas aquele andar cheio de intrepidez se alterou súbito, a três metros de mim, e então Nélida se aproximou em silêncio a passos felinos. À medida que a distância entre nós diminuía, crescia a intensidade do olhar lançado por ela em minha direção.

Mas, que olhar era aquele, tão carregado de mutações em um intervalo de tempo tão ínfimo? Não quero exagerar, mas a verdade é que esse foi o enigma que mais tempo levei, em muitos anos, tentando decifrar; e é importante detalhá-lo, no mínimo desvio de curso que esse encontro causou na minha vida. Talvez se conhecesse melhor as práticas divinatórias do I Ching eu poderia ter economizado meu tempo, mas infelizmente não é assim, e minhas especulações, em vez de viajar por mais de sessenta possibilidades, resumiram-se às seguintes, que já eram, na verdade, o suficiente:

a) um olhar ameno, amigo, bem-intencionado;

b) um olhar feroz, rancoroso porém atraente;

c) um olhar furtivo, tímido mas decidido em sua intenção;

d) um olhar camuflado, nebuloso, frio;

e) um olhar certeiro, firme, do caçador com domínio total sobre a presa.

Como logo se evidenciou, considerando a abordagem de Nélida, o que compunha aquele olhar era uma mescla casual de tudo isso (alternativa f?).

— Bom-dia, Célio — disse ela, enquanto eu ainda desmembrava em minha mente as diversas possibilidades daquele avanço tão complexo.

Nélida, como eu, não tinha o hábito imbecil do raciocínio dos *homens de negócio* de abrir um encontro de trabalho falando sobre tudo — do aquecimento global à programação de TV, passando pelo desenvolvimento na China e a escola das crianças — em vez de ganhar tempo e ir logo ao assunto que justifica a reunião. Há quem diga que sou ingênuo por pensar assim, pois é nessas preliminares, garantem, que os *homens de negócio*, trocando olhares ao som de generalidades, amaciam a conversação principal, estudam-se, como dois times nos minutos iniciais da partida, para depois, municiados com as primeiras impressões, começar enfim o jogo; será?

O fato é que, naquela manhã, depois de se sentar na cadeira em frente a mim, Nélida foi direto ao ponto.

— Cheguei mais cedo para pegar você sozinho e a gente poder conversar fora da correria...

— ...

— Você sabe que eu gosto muito de você, não sabe?

— ...

— Aprendi tudo com você, Célio. E continuo aprendendo.

Os olhos dela agora brilhavam. Senti-os apaziguados.

— Achou que fiquei bem de cabeça raspada? — perguntei.

— ...

Arrumou-se na cadeira. Moveu-se de modo esquisito: parecia se espreguiçar.

— Célio, fui eu que mandei aquela mensagem para você — disse Nélida, olhando agora para debaixo da minha mesa, como se falasse, na verdade, com os cabos do computador embaralhados ali.

— ... — baixei os olhos.

No instante seguinte, quando ambos reerguemos os rostos e nossos olhares se reencontraram, deu-se o mais importante: tive a certeza de que Nélida não só gostava de mim como também — e em especial – me *queria bem*. O que prevalecia, ali, não era nenhuma das alternativas desenhadas em minha cabeça enquanto ela se aproximava, minutos antes, do meu *posto de trabalho*.

Seu rosto era infantil. Havia uma contradição entre seus traços e o conteúdo do que dizia, a firmeza com que se expressava, a coragem de expor aquilo ao próprio *chefe*. Senti que a realidade composta por essa contradição mobilizava algo inquietante e agradável dentro de mim. Veio-me ainda a lembrança de que ela integrara a equipe de iniciantes da qual fazia parte Agnelo e que na certa sabia da advertência que eu fizera a ele sobre o uso de desodorante, banhos... mulheres.

Nessa hora desabou sobre mim em cheio a imagem de Débora. Passaram pela minha cabeça as mensagens, os bilhetes, as cartas que ela vinha me mandando de Manaus, todas em tom apaixonado mas ao mesmo tempo delirante, agressivo, provocador, insistente, como se me desafiasse para um confronto sem hora marcada. Débora sempre foi diferente, surpreendente, errática. Mas agora parecia tomada por algum surto. Uma correspondência no mínimo confusa, que me deixava tão desnorteado quanto ela, mas que, sobretudo, incomodava.

— Acho elogiável você adotar essa atitude — disse Nélida, interrompendo meu curto devaneio. — Não basta a gente discursar sobre os problemas do planeta e não fazer nada em relação a isso nas nossas próprias vidas.

— ... — eu sorri.

O olhar de Nélida adquiria cada vez mais intensidade. Crescia assustadoramente diante do meu.

— Mas, sabe, Célio, existem outras maneiras de fazer isso, sem prejudicar a própria saúde.

— Está preocupada com a minha saúde?

Baixou os olhos.

— O que eu quero dizer é que isso talvez não leve a nada a não ser atrapalhar a sua vida a médio prazo... Talvez você se surpreenda com o que vou dizer.

— ...

A moça da faxina agora estava bem próxima de nós. Parecia de propósito. Tive certeza, na verdade, de que queria ouvir a nossa conversa em um encontro tão inusitado num horário anterior ao expediente.

— Danda, pode preparar um cafezinho fresco para nós? — pedi, e a moça, prestativa, retirou-se do nosso campo auditivo.

Mesmo assim, Nélida diminuiu o volume da voz e revelou-me, então, o seguinte: ela e Agnelo faziam parte de um grupo programático radical cujo objetivo era levar as pessoas a se conscientizarem da necessidade de poupar água com vistas à salvação da Terra, associando esse objetivo à luta contra a exploração capitalista. Ecologia e política, na sua visão, estavam irremediavelmente ligadas. Uma não podia existir sem a outra: quem arruína o planeta, sem escrúpulo algum, são as grandes empresas; a engrenagem do capitalismo é nefasta não só para os homens mas para a própria Terra; não se trata apenas de convencer os indivíduos a mudarem os seus hábitos, mas sim de provocar mudanças estruturais na economia; juntos estavam, nesse seu raciocínio, o combate ambientalista e a luta por uma sociedade sem classes. Agnelo deixara o Instituto alguns meses antes para ampliar a atuação do grupo em outras instituições; Nélida era, agora, sua representante ali.

Nada muito subversivo nisso tudo a ponto de justificar o clima de clandestinidade criado pela forma como falava comigo e pelo modo que imprimiam a essa atividade – ainda mais estando o Brasil sob um regime com liberdade de opinião e expressão –, mas, explicou-me, a característica dessa *seita* (a própria Nélida, o que achei esquisito, usou esse substantivo) era ir muito além da mera pregação ideológica ou do discurso vazio: seu plano de ação previa, em primeiro lugar, a infiltração em instituições culturais, associações, organizações não governamentais, até mesmo partidos políticos.

— Chama-se Falanstério – sussurrou, percebendo a aproximação de Danda com a bandeja do café.

Servimo-nos.

— Falando sério? – perguntei com ironia.

— Falanstério, Célio – sorriu, e eu então lembrei de alguma aula de história do segundo grau.

Guardo de cor a seguinte inscrição gravada no muro de uma casa de Campos do Jordão:

"Quietude

Na liberdade dos campos

Na tranquilidade dos montes"

Três conceitos essenciais associados: quietude, liberdade, tranquilidade. Trata-se, a bem dizer, de todo um programa, de uma meta a ser perseguida a vida inteira, não é?

O problema, e por isso registro aqui essas palavras, é que jamais alcancei, a não ser por breves momentos, nenhum dos três objetivos. Ao contrário, eles parecem cada dia mais distantes. Minhas realizações são todas vicárias. Não tive o privilégio de viver a intensidade dos sentimentos que Waisman conheceu, por exemplo. Nunca me chegaram vibrações assim, a não ser nos rápidos momentos em que tive Flora nos braços.

Há décadas me habituei a sair com meu carro de madrugada e ficar zanzando ao léu. É como se, numa viagem masoquista, me entregasse, buscasse algum potencial perigo. Como se dissesse ao "povo da noite": "Olha eu aqui de novo, pessoal, venham me assaltar, venham me enganar, venham me arranhar, venham me assustar, venham me castigar, venham me fazer mal, eu mereço." Como se precisasse de aventuras, de riscos mais consistentes, mais radicais do que aqueles assumidos no trabalho, pelo computador, sobre os carpetes do escritório. Depois de uma ou duas horas perdendo-me pelo centro da cidade, volto para o meu quarto, cansado, só, aliviado mas ao mesmo tempo frustrado diante do fato de que mais uma vez nada, absolutamente nada, aconteceu comigo.

É provável, refletindo bem, que o meu gosto por biografias advenha daí. Da busca de intimidade com mitos, ídolos, com o objetivo não consciente de valorizar a mim mesmo: se eles fazem isso apesar de serem pessoas famosas, realizadas, então também posso fazer, também posso ser assim.

Muito jovem, recém-saído da casa dos pais, recebi por uma noite em meu apartamento, a pedido de Waisman, um dos principais dirigentes da Organização. Ao abrir a porta, tamanha foi a minha admiração que era como se o próprio Trotsky tivesse revivido e desembarcasse na minha despojada sala de estar. Passados alguns minutos, fiquei per-

plexo quando o dirigente, sem nenhuma parcimô-
nia, sem sequer pedir licença, despiu-se na minha
frente, expondo uma cueca azul-clara desbotada e
uma barriga desproporcional e conflitante com
a figura revolucionária que eu admirava, talvez a
pessoa que à época mais se aproximava, aos meus
olhos, da perfeição. Fiquei pasmo.

O mesmo aconteceu em outra ocasião, creio
que dois anos depois desse caso, quando hospedei
um militante espanhol já bem mais velho, também
dirigente, que trazia ainda por cima a aura de ter
participado da Guerra Civil na Espanha, em 1936.
De novo a fantasia: dessa vez era como se o próprio
Lênin tivesse ressuscitado e aparecido, do dia para a
noite, no meu apartamento de solteiro. E, de novo,
o choque: sem pudor algum, momentos antes de
ir para a cama o velho dirigente pediu-me água e,
bem na minha frente, tirou da boca a dentadura,
colocou-a no copo e me deu boa-noite totalmente
desdentado, como aqueles personagens que costumamos ver em ilustrações de cenas da Idade Média.
Mais uma vez fiquei paralisado diante de algo que,
no fundo, não tinha nada de espetacular.

Gostaria que nunca nos desiludíssemos, mas
será que em toda a minha vida, até agora, estive

assim, vale dizer, paralisado diante de algo (ou, para ser mais claro, de alguém, leia-se Waisman) que não tem, nem jamais teve, a rigor, nada de espetacular?

Célio querido! Procurei este tipo de letra bem bonito para escrever estas coisinhas para você. E só você sabe como foram bonitos os últimos dias que passei. Se não sabe, com grande certeza imagina. Foi um belo workshop, com gente vinda até do Chile, Colômbia e Venezuela. Eu acho e todo mundo viu isso na empresa, que eu demonstrei ter beleza na forma mais natural. Claro que um pouco mais sofisticada. Quem sabe até mais madura. Então, tudo foi perfeito. Só que quando voltei para o hotel não senti solidão. Não senti saudade. Fiquei meio anestesiada. Sem emoções. O que é isso?

Se é verdade que o primeiro gole é sempre o mais gostoso, e que por isso é preciso saber prolongá-lo ao máximo e saboreá-lo bem, também é verdade que a alternância entre crises de desapontamento e ondas de euforia faz parte da vida, ou melhor, compõe a vida, ou é a vida. Sempre tentei adverti-lo a estar preparado para essa gangorra, mas Waisman é a turbulência em pessoa, com um curso cada vez mais descoordenado e imprevisível.

Nos últimos anos, tem mergulhado com obsessão em leituras sobre as origens e a evolução histórica do Holocausto e de como a lógica do nazismo e da guerra levou gradativamente à chamada "Solução Final da questão judaica". Como se estivesse preparando a defesa de uma tese acadêmica. Palavras como pogroms, ações de violência oficial e extraoficial, legislação discriminatória, expulsões, deslocamentos grupais, experiências químicas e medicinais, Reich, Gestapo, humilhações, isolamento em guetos, planos de deportação para a Sibéria, para Madagascar, fuzilamentos, Programa T4, Programa 14f13, matanças a gás em furgões, Operação Reinhard, trabalhos forçados, unidades móveis de extermínio, genocídio, campos de concentração, descida ao inferno, gás Zyklon B, bunkers, matanças a gás em câmaras de campos de extermínio, fornos crematórios, nomes como Hitler, Himmler, Heydrich, Göring, Höss, Eichmann, Goebbels, Röhm, Globocnik, Kammler, ou localidades de memória arrepiante como Belzec, Chelmno, Auschwitz (e os números tatuados nos braços), Birkenau, Treblinka, Sobibór, Majdanek — essa lista inqualificável, macabra e nauseante de nomes e atrocidades tem sido objeto de todas as nossas (cada vez mais esporádicas, registre-se) conversas nos últimos anos.

Meu amigo está convicto de que perdeu pelo menos dois parentes (que poderiam ter sido tios) fuzilados, em plena juventude, em algum bosque e enterrados numa vala comum no final de 1941 em meio às matanças organizadas por milícias ou por grupos de extermínio, os tais *Einsatzkommando* pertencentes aos *Einsatzgruppen* sob a direção da SS, na esteira da Operação Barbarossa, a invasão da União Soviética iniciada em junho daquele ano pela Alemanha nazista.

Nunca foi de dar atenção para essa história familiar tão trágica, incluindo a subsequente fuga de

Gersh para o Brasil, mas, nos últimos tempos, por razão ainda obscura para mim, tem-se dedicado cada vez mais a essas buscas.

Entendo que se debruce sobre as vidas sofridas de seus antepassados, não muito diferentes das vidas dos meus próprios avós e bisavós. Um interesse natural. Mas por que a obsessão? Por que esse excesso de impulsividade justamente agora, quando tudo à sua volta parece decomposto como o cenário de uma peça sendo desmontado ao final da temporada? Por que tão de repente toda essa determinação?

Não encontro resposta a essas perguntas, mas intuo que Waisman sente algum tipo de culpa em relação à trajetória do pai e, na impossibilidade de falar sobre isso com Gersh, como se uma espessa cortina de ar se interpusesse entre os dois, queira obter o autoperdão pela via do conhecimento, da dedicação de horas e horas à leitura de estudos e ensaios capazes de fazê-lo se sentir integrado à sua própria história — mesmo que o custo disso seja deslocá-lo, cada vez mais, do seu próprio presente. Ou será isso (a fuga do presente), no fundo, tudo que meu amigo procura?

O objetivo da infiltração em instituições as mais diversas era difundir as ideias do Falanstério e com isso formar quadros, cooptar novos aderentes ou simpatizantes ali onde, em tese, encontravam-se as "pessoas do bem" (palavras de Nélida, que, presumivelmente, me achava uma pessoa do bem). Sem mencionar a minha condição de não banho, convidou-me a participar de uma reunião do grupo na mesma noite na casa de um professor universitário no Butantã.

A essa conversa seguiu-se um dia de trabalho normal no Instituto, com a diferença de que saí bem mais cedo para voltar ao hospital e fazer companhia para minha mãe, a qual, por sorte, manteve-se a maior parte do tempo calada, distraindo-se com a televisão ou com algum livro, quando não me pedia para lhe passar uma folha de papel para desenhar. Aproveitei essas horas para descansar um pouco, em especial a cabeça: tomei a decisão de não refletir sobre o Projeto.

Às oito em ponto, conforme o combinado, cheguei ao sobrado no Morro do Querosene. Quem abriu a porta foi nada mais nada menos do que o próprio Agnelo. Atrás dele, uma moça com *dreads* longos; atrás dessa moça, no corredor estreito que levava a uma pequena sala de estar cheia de cadeiras brancas de plástico, Nélida.

— Bem-vindo ao Falanstério — disse Agnelo sorrindo com artificialidade, como se fosse um recepcionista de hotel.

O ambiente recendia a incenso.

Éramos nove pessoas na sala, mais um vira-lata que insistia em urinar na frente de todos. O assunto do dia, tratado a partir de leituras feitas em revezamento, dizia respeito à história da higiene, em especial sobre como o banho frequentou, em maior ou menor dimensão, os costumes de diferentes épocas. Parecia um tema escolhido a dedo para me agradar.

A ênfase dos textos recaía sobre a Europa, do século XV ao XIX e começo do século XX. Luís XIV, por exemplo, aprendi ali, tomou no máximo cinco banhos integrais durante seus 77 anos de vida; como grande parte da nobreza, disfarçava os odores desagradáveis do corpo com doses elevadas de perfume, além de trocar de roupa várias vezes

118

ao dia (o chamado "banho seco"); diversos casos semelhantes emergiam das leituras, e a mim coube ler para todos um texto em espanhol segundo o qual foi somente a partir de 1930 que o banho entrou para valer na vida moderna.

A experiência no fim das contas malsucedida do meu pai como militante político sectário e doutrinário me torna refratário a grupos fechados em si mesmos, cimentados a partir de sistemas de ideias excludentes, incapazes de renovar seu próprio discurso ou de se colocar à prova. Não queria cair nessa armadilha – muito próxima da religião, que eu sempre repeli: conto nos dedos de uma só mão as vezes em que entrei numa sinagoga, e nunca foi por desejo dos meus pais e sim apenas do meu avô, o velho Gersh, como todos gostávamos de chamá-lo –, mas, por outro lado, sentia uma necessidade, de fonte obscura, de pertencer a algo maior. O Instituto preenchia essa necessidade, mas era também, e essencialmente, o meu emprego, e, além do mais, com uma doutrina rígida.

Tratava-se, agora, de algo diferente: a associação livre a um grupo, sem ganhos financeiros ou de ordem material. Talvez o que me atraísse fosse até mesmo outra questão: a aproximação ideológica intensa costuma criar forças de imantação entre

as pessoas engajadas na Causa; quanto mais volta-
do para o seu próprio umbigo for o grupo, inclusive
em sua doutrina, mais se estimula esse fenômeno.
O fato é que, desde aquela noite, passei a ver Nélida
com outros olhos – nada inocentes.

Minha vida sem banho apontava, agora, um iti-
nerário inesperado.

Voltei ao hospital para cumprir minhas tarefas
como acompanhante de minha mãe. Foi uma noite
bem-dormida.

À s cinco horas da manhã acordei de um sonho terrível: estava grávida e perdia a criança. O filho do Celito.

Estou no hotel semimorta. Desesperada. E você, onde está?

Débora — mais velha impossível.

O que mais preocupou Waisman na juventude foi manter alguma forma de independência financeira e, se possível, aliar essa independência à ação política. Uma derivava da outra. Questão elementar: como fazer o que queria se não conseguisse se sustentar por conta própria e, por isso, tivesse de comer sempre da mão da família?

Waisman começou a obter – talvez fosse mais correto dizer a ganhar – essa autonomia desde cedo, lá pelos 17 anos, instigado pelo próprio pai. Temeroso de vê-lo envolvido com drogas ou fantasiando cenas de promiscuidade, o velho Gersh procurou encaixá-lo no seu projeto mais ambicioso, levado a cabo depois de atuar por duas décadas como engenheiro elétrico empregado numa construtora: estruturar uma pequena empresa especializada no transporte de "obras de arte e objetos delicados em geral".

Graças à amizade com um colecionador de arte moderna construtivista, e não sem abusar de uma simulada subserviência, Gersh deu então uma virada em sua vida profissional e logo progrediu na empreitada, esforçando-se para levar o filho a tiracolo.

Cabe mencionar, aqui, uma particularidade: foi a mãe de Waisman, dona Janete, quem instigou esse amigo de Gersh a convencer o marido a dar tal virada. Dona Janete era do tipo manipulador discreto, o mais perigoso deles. Fazia o marido acreditar que mandava em tudo, adulava-o nas horas vazias do dia para, na prática, manipulá-lo como bem queria. A intenção mais profunda era boa: libertar Gersh dos pesadelos que o atormentavam sempre relacionados ao trauma da infância castigada pelos episódios dos anos 1930, em especial os sonhos tenebrosos que tinha, como me contou várias vezes o próprio Waisman, em que buscava saídas nos lugares os mais diversos, morros, florestas, bairros escuros, e nunca encontrava, topando com becos sem saída ou atalhos interrompidos, ou ainda muros intransponíveis – mas esse é outro assunto. O fato a destacar aqui é que, como gostava mesmo de pintura e de desenho, o filho topou a proposta. E, com isso, passou a receber um salário capaz de satisfazer suas necessidades básicas de pós-adolescente.

Waisman sempre mostrou desprezo pela ideia de família — essa maneira de ver o mundo não dista muito da minha, devo dizer —, mas foi das iniciativas de Gersh e Janete que surgiu a espécie de trampolim que lhe permitiu mergulhar, como queria, sem constrangimentos financeiros significativos, na militância política.

A sabedoria popular diz que, às vezes, para realizar as nossas potencialidades, precisamos fazer coisas que causam sofrimento a outras pessoas. Todos nos defrontamos, cedo ou tarde, com este dilema: a escolha difícil entre fazer ou não algo que almejamos muito, mas que sabemos que vai causar problemas para alguém. Ele surgiu à minha frente várias vezes ao longo do Projeto, em especial cada vez que recebia mensagens ou pequenas cartas desconcertantes de Débora.

Sempre foi cáustica e descomedida, qualidades que encabeçaram os motivos pelos quais me atraía tanto. Mas agora parecia que o gigantismo do rio Amazonas fazia incharem ainda mais essas características, de modo que a correspondência por ela enviada, seja por correio eletrônico seja por carta em papel, ganhava contornos apocalípticos a cada linha. Débora era seca, direta, irônica, impositiva. Uma feminilidade muito peculiar. Ao final do décimo quarto dia do Projeto, chegou-me mais uma dessas mensagens arrepiantes. Em busca das minhas potencialidades, porém, não permiti que me barrasse a estrada: não dei ao arrepio o tempo de chegar ao cérebro. O tal dilema, no fundo, estava solucionado de antemão. Eu precisava trocar de roupa, comer algo e logo sair para não chegar atrasado à minha segunda reunião de Falanstério.

No ônibus, a caminho do Butantã, perdi-me um pouco rememorando acontecimentos marcantes dos três anos do nosso namoro. Quantas vezes Débora me falara em filhos? Muitas, muitas. A mesma quantidade de vezes em que se dissera cansada de mim, da minha suposta letargia. Fracassei ao tentar imaginar sua reação se soubesse do Projeto. Na certa o acharia ridículo, juvenil. O mesmo acharia do fato de eu participar de reuniões de um grupo como o Falanstério (nesse ponto sua posição sem dúvida coincidiria com a do meu pai, para quem minha atuação no Instituto já soava como ingênua e inócua – que dizer da integração a uma organização semiclandestina baseada em uma doutrina tão fluida como a pregada por Agnelo e companhia?). Mas eu queria seguir em frente, precisava de um envolvimento desse tipo. Vislumbrava o quanto isso faria bem para mim e para o Projeto.

Vinte minutos depois, na mesma casa, no Morro do Querosene, fui recebido pelo ar de superioridade recém-adquirido de Agnelo e pelo sorriso triunfante de Nélida (afinal, eu era uma espécie de troféu nas mãos dela, o *peixe graúdo* de uma instituição que ela apanhara e apresentara, com orgulho, à seita). Repetiram-se as leituras didáticas em voz alta; mas poucas trocas de ideias.

No que me dizia respeito mais de perto, surgiu uma proposta, vinda do professor universitário dono do sobrado: eu devia fazer um blog sobre a existência sem banho, um blog que poderia se chamar Minha Vida Sem Banho (MVSB). Não seria algo vinculado ao Falanstério, mas uma iniciativa pessoal; talvez assinada com pseudônimo.

Não me pareceu uma ideia absurda, muito ao contrário. Além de ajudar na Causa, seria uma forma de estimular o meu próprio Projeto e, por que não?, me distrair na ausência de Débora. Quanto ao uso de um pseudônimo, fiquei de pensar, mas logo senti que não, não seria assim: eu queria me expor, precisava me expor usando meu próprio nome; era algo complementar, a reforçar minha *colocação social*, se posso chamar assim a maneira como eu, naquele momento, achava que queria ser visto pelas pessoas. Nélida não ocultou a empolgação; logo se propôs a me ajudar na tarefa. Senti, nesse instante, que estava a ponto de se abrir um novo momento em mim, causado, curiosamente, pela minha vida sem banho.

O mais surpreendente, porém, aconteceu depois do encerramento da reunião, quando o dono da casa, o próprio professor universitário, com seus cabelos brancos e olhos azuis e que, apesar de silencioso na maior parte do tempo, era com clareza o líder do grupo, chamou-me a um canto.

— Você é o Célio Waisman, não é?

— Sim.

— Eu sou Rogério Lustosa. Muito prazer. Podemos conversar um pouco?

— Claro.

Despediu-se das últimas pessoas, acendeu um cigarro e avançou na direção do pequenino quintal da casa, com um quadrado de grama ao centro, onde nos sentamos a uma mesinha de madeira.

Queria falar sobre o blog que decidíramos criar.

— Acho imprescindível que os textos tenham um tom bastante íntimo, sem medo de se expor, sempre em primeira pessoa, sabe? É preciso criar empatia com os leitores, em especial os mais jovens.

Eu deveria usar o espaço ilimitado do blog para contar experiências que realmente tivesse vivido

ou conhecido a partir de relatos de terceiros, con-
tanto que fossem reais.

— Quanto menos discurso, melhor. Sem ideo-
logias ou doutrinas. Sem querer catequizar as pessoas. Elas não gostam disso, e se afastam de quem
quer doutriná-las. Basta contar histórias verídicas
relacionadas ao nosso tema, entende?

Pareceu-me uma orientação inteligente.

— É mais ou menos o que me ocorre também —
eu disse. — Aliás, deixo para o trabalho no Instituto
o lado mais ideológico, estatístico.

Rogério deu duas tragadas. Olhou para o céu
nublado.

Sentindo que a conversa não se encerrava ali,
guardei silêncio, à espera. E foi aí que o mais importante apareceu.

— Conheci você garoto, sabia?

Contou-me, então, ter sido ele, com a esposa
agora já falecida, quem acudira meu pai quando nosso carro colidiu certa vez numa viagem a Atibaia
pela rodovia Fernão Dias e ficou girando na pista
de ponta-cabeça. Eu era uma criança, não recorda-
va detalhes, muito menos o rosto dele.

— É muita coincidência a gente se encontrar
aqui — comentou.

O incrível, porém, foi o que veio a seguir.

— Um mês atrás, meu genro, que deve ser um pouco mais velho que você, comprou um terreno num condomínio em Itu. Há alguns dias, acredite se quiser, fiquei sabendo que o vendedor desse terreno é o Wilson. O seu pai!

Fiz uma careta de desconfiança.

— Não é possível — resmunguei.

— Pois foi exatamente o que aconteceu. Quanto mais longa é a nossa história pessoal, maiores são as chances de coincidências como essas acontecerem, pode acreditar. Mas admito que, mesmo assim, fiquei muito surpreso.

Estava curioso em saber até que ponto meu pai saberia da militância de Rogério, do Falanstério. Mas algum pudor — talvez de filho — me conteve.

— Espero que essas coincidências impulsionem o nosso trabalho conjunto aqui no Falanstério, Célio. Sempre que você precisar de alguma coisa ou quiser ter uma conversa comigo em separado, não hesite, está bem?

— É claro, Rogério. Fico feliz com isso.

— Estamos juntos nessa Causa — sorriu, e acrescentou em tom paternal: — Não custa nada eu lhe dizer também que conheço de outros carnavais o pessoal que criou e dirige o Instituto. Então, se precisar de alguma coisa por lá também, pode contar comigo.

Despedimo-nos, eu diria, calorosamente.

Na volta, fui acometido de uma tristeza profunda, difícil de entender. Só quando cheguei em casa, depois de refletir bastante, encontrei a explicação: o contraste entre a vivacidade de Rogério aos sessenta e tantos anos de idade e a crise exposta do meu pai. Como se fossem duas trajetórias opostas para o meu próprio futuro, sendo mais provável para mim aquela seguida por meu pai. Ou, talvez, pensei em seguida, meu desafio fosse, dali para frente, vencer as leis da hereditariedade: mais Rogério, menos Wilson.

Mosca-branca. Waisman sempre foi isso: uma pessoa rara, muito difícil de encontrar igual. Sua maior vantagem em relação a mim era o fato de que fazia faxinas na vida sem nenhuma dificuldade. Se queria jogar papéis fora, não hesitava. Se queria se livrar de cartas antigas, idem. Sempre descartou, até mesmo com displicência, todo tipo de tralha – qualquer objeto que lembrasse ou representasse algo desagradável do passado.

Apesar de tantas incertezas, conseguia limpar o terreno, como se diz, separar o joio do trigo, mudar o lado do disco, como também se diz, para poder seguir adiante sem carregar, como eu faço desde sempre, diga-se, dez quilos de arroz todos os dias, e noites, em excesso, sobre as costas.

Somente para mencionar um caso: quando me divorciei, 15 anos atrás, a maior dificuldade não foi a turbulência dos sentimentos – o ódio, em especial –, mas encontrar a forma mais sensata possível de me desfazer dos objetos da casa. A solução para chegarmos à partilha da nossa biblioteca (minha ex-mulher também é advogada e, como eu, rabugenta, e, como eu, cheia de livros), por exemplo, foi chamar Waisman como mediador. Obrigamo-nos, os três, a passar uma noite inteira, madrugada adentro, repassando volume por volume, com ou sem dedicatória, considerando ser uma primeira edição, algo portanto mais valioso; equilibrando a divisão por áreas de conhecimento.

Ele chegou à nossa casa já com uma lista de todos os livros na mão. Sentei-me num canto, e ela sentou no outro. Estávamos a cinco metros de distância, e Waisman andava para lá e para cá, atuando como árbitro, conciliador, conselheiro. Era craque nisso. Exerceu a função com a desenvoltura de um pintassilgo movendo-se com leveza entre as árvores, como se tivesse nascido para compor interesses. Acho, mesmo, que tinha horror a conflitos, quem sabe por pressentir que o resultado deles o levasse a acabar sozinho.

Essa capacidade de Waisman de fazer faxinas é agora abafada, talvez invertida, por uma busca a meu ver tresloucada do passado, ainda que imaterial: Paris, o mistério de Rogério, a Shoá. Não sei por que não faz também uma faxina nisso, jogando tudo fora de uma vez. Temo aonde esse mergulho poderá levá-lo, temo, até onde consigo antever, que seja para um profundo abismo.

E stou meio aflita, ansiosa. Vontade de sacudir essa calma besta. Toda calma é besta e só pode prenunciar tempestades, concorda? Mas é também uma calma meia-sola: tô nervosinha. Procuro não criar grandes fantasias. Mas como? Só o fato de saber que você pensa menos em mim do que eu em você... Só o fato de saber que você está aí na maior atividade, e eu aqui mole (será o calor manauara?). Quando eu tinha uns 12 anos a gente fazia uns retiros com a escola, meio para ter contato com a natureza, meio para fazer meditação. Eu precisava me afastar, não das pessoas, mas dos meus próprios personagens, aqueles que eu mesma criava dentro da minha cabeça. Eles me fatigavam. E, como fazia pouca coisa, eles quase chegavam a dominar a minha mente, a pequena atriz que eu era. Sempre me confundi com meus personagens. Não gostava disso. E eram tantos personagens. Nem sei como os outros me reconheciam. Aliás, Celito, pergunto: quem pode dizer que realmente me conhece?

Você talvez seja o único. Os outros, acho que cada um poderia dizer uma coisa diferente. Qualidade. Defeito. Mas acho que o meu espírito alegre tomaria conta da maioria dos depoimentos. Sou uma pessoa confiável para os outros? Talvez não para todos. Sou, no entanto, agradável? Acho que sim. Eles consideram que podem contar comigo? Acho que não. Mas gostam de estar comigo? Acho que sim. É provável, Celito, que eu tenha invertido todos os valores que aprendi na minha família, e mesmo alguns que aprendi com você. Estou agora me reinventando, como se estivesse mesmo em um retiro. E você? Você confia em mim como mulher? Como futura mãe? Como cidadã? Você de fato sabe o que aconteceu comigo? Você deixaria um filho seu comigo por três meses? Teria confiança em que reaprendi nossos princípios? Que eu estarei sempre falando a linguagem do amor e não da sacanagem? Do ser/estar e não do aparentar? Tudo isso é importante para mim. Por isso chorei tanto ontem, aqui, no bar do hotel. Não foi escandaloso, mas foi muito bem chorado. Eu me senti sem família. Que estava em um mundo só de estranhos. Celito, não vejo a hora de construir uma casa que equivalha à família que poderemos ser. Sinto necessidade de termos objetos, coisas que falem por nós, que sejam a nossa linguagem se materializando em cortinas, fogão, geladeira... Mais ainda: que a nossa linguagem possa ser materializada em um filho! Que loucura!

A o contrário de Waisman, nunca temi a solidão, a falta de comunicação, a fadiga ou a
depressão. Jamais sonhei com alguém que me
escoltasse, que me ajudasse a refletir, que me esti-
mulasse a produzir visões positivas do que estivesse
ao redor, que me orientasse no sentido de encontrar ou produzir soluções para os meus dilemas,
ou que me prestasse assistência. Não me lembro
de ter convivido com a angústia, seja na forma de
insegurança e incerteza, seja na forma de ansiedade
extrema ou pavor.

Essa espécie de impavidez, no entanto, começou a se abalar, e muito, quando fui levado, de uns
cinco anos para cá, por uma força quase anímica, a
me reaproximar de Flora fisicamente, como se precisasse completar a breve união carnal que tivéramos mais de vinte anos antes — isso tudo, no passado
e no presente, apesar da amizade com Waisman.
E ela, Flora, registre-se aqui, correspondeu. Não
apenas correspondeu: seria imbecilidade, de minha

parte, não enxergar que foi a nossa reaproximação, no fundo, a principal causa de seu afastamento e posterior separação do meu amigo.

Agora, à luz do que acaba de acontecer — a revelação da doença e a recusa a se submeter a qualquer tratamento —, só posso concluir que esse novo momento mal começou e já durou pouco. Talvez eu mesmo tenha esperado demais, tenha sacrificado demais os meus próprios desejos em nome da preservação, no fundo inviável, da amizade de décadas com Waisman. Imaginava poder controlar, equilibrar essas duas forças. Quanta ingenuidade! Algo na verdade imperdoável, ainda mais para um homem que já passou dos cinquenta anos de idade.

N uma segunda-feira, quando se iniciava a terceira semana do Projeto, fui chamado logo de manhã pela secretária do superintendente. Assim que entrei na sala, ele se levantou e fechou a porta, algo incomum, pois fazia questão de se mostrar apto a receber qualquer pessoa a qualquer momento de *portas abertas*. Entendi que era algo sério.

Antonio Aidar (AA), de quem já falei aqui, era um empresário bem-sucedido – creio que no ramo de máquinas – que, ao se aposentar, optou, junto com alguns amigos, pelo ativismo ambiental. Dirigir o Instituto era, segundo dizia, prazeroso, mas também, imagino, uma forma de manter o prestígio social adquirido pela atuação ao longo de décadas em algumas *entidades de classe*. Meticuloso, muito claro em suas orientações e exigências, embora às vezes prolixo, nem sempre indo direto ao ponto, era, por outro lado, centralizador, mercurial e idiossincrático. Seus olhos brilhavam por trás dos óculos de aros pretos e grossos que ele alternava com outro sem armação; alternava também o trato com a barba: mais ou menos de três em três meses deixava-a crescer, já branca do alto dos seus sessenta e poucos anos, assim ficando algumas semanas para então raspar tudo (ao contrário do cabelo, sempre com corte à escovinha) ou reaparecer no Instituto apenas de bigode ou cavanhaque. Um mestre da imprevisibilidade. Até mesmo um profissional veterano no Instituto, como eu, tinha dificuldade para antever o que podia sair de sua boca a qualquer momento, quanto mais num encontro a *portas fechadas*.

Gostava de mim e via meu trabalho com respeito. Nesse dia, porém, foi duro e breve: segundo ele, economia e uso inteligente de água não têm nada a ver com desprezo pela higiene e pela saúde; ou eu parava com *essa besteira* de ficar sem tomar banho ou teria de deixar a organização; ouvira queixas de duas pessoas a esse respeito, uma delas, inclusive, de fora do Instituto.

Confesso que fiquei muito surpreso, tanto pelo fato de pessoas terem me denunciado, como pela reação de Aidar, para quem a Causa estava acima de tudo. Foi esse, aliás, o principal argumento que utilizei ao retrucar suas palavras.

— É só uma experiência, Aidar — consegui ser assertivo na afirmação, embora com os olhos interrogativos, incapazes de ocultar a ansiedade.

E assim conversamos sobre o assunto por mais de dez minutos (finquei pé na primazia da Causa e no caráter temporário do meu Projeto), até que, num estalo, ocorreu-me a ideia de tentar inverter o rumo da conversação, e lhe revelei meu outro projeto, o MVSB.

– É um instrumento para falar com os jovens – argumentei. – Tem tudo a ver com a missão do Instituto.

A aproximação com os jovens, eu sabia bem, era a menina dos olhos de Aidar.

E não me limitei a isso. Sentindo que ele recuara na questão da minha higiene pessoal, no auge da autoconfiança, a cabeça inundada pelas palavras estimulantes de Rogério, ainda consegui sugerir que Aidar estudasse a possibilidade de o próprio Instituto bancar o MVSB, fosse diretamente, fosse por meio do patrocínio de alguma das empresas parceiras da ONG.

Devo ter sido muito convincente, pois ele – que levava no mínimo alguns dias para tomar qualquer decisão fora da rotina – pediu um intervalo de dois minutos para refletir.

Ao deixar a sala, vi que ele pegou o telefone. Em vez de voltar para o meu *posto de trabalho*, fiquei ali mesmo, à espera, trocando algumas palavras com a secretária.

Menos de cinco minutos depois, Aidar me chamou e deu a sentença:

— Tudo bem, Célio. Você venceu! Não preciso pensar mais. Vamos em frente com esse blog. Pode mesmo ser muito interessante. Depois a gente vê a questão do patrocínio.

Abri um sorriso, é claro.

— E prometa que vai caprichar um pouco mais no perfume e no desodorante, ok?

O episódio Mercedes, ali por volta de 1978, foi, hoje tenho certeza, um prenúncio à época despercebido daquilo que se escancaria muitos anos depois. Vamos a ele:

Era a única mulher no grupo de operários que formavam a oposição no sindicato dos metalúrgicos de São Paulo. Uma revolucionária! Quase uma Rosa Luxemburgo! Ao contrário do que essa imagem pode sugerir, porém, Mercedes tinha uma forma, eu diria, marcadamente feminina de se colocar, de se mover em público e em especial de olhar.

Jovem (duvido que tivesse mais do que 25 anos), mulata, com uma cabeleira espessa encaracolada e corpo de pele muito lisa e macia, seios fartos e rígidos, o sorriso aberto, limpo, lábios como dois pequeninos travesseiros – impossível não se voltar o tempo todo para ela, ainda mais no caso de dois "alemães", como um Waisman (o editor do jornalzinho clandestino da Oposição metalúrgica) e um Wiesen (o advogadozinho supostamente capaz de encontrar todas as brechas possíveis na legislação da ditadura para dar base às ações do movimento), "alemães", sim, que era como nos chamavam em tom amistoso os participantes, em sua maioria bem "brasileiros", daquelas reuniões realizadas a cada quinzena às escondidas, sempre à noite, no porão de um sobrado no Bixiga.

Ao final de um desses encontros, Mercedes se aproximou de Waisman e, por iniciativa dela, se despediu com um beijo na face, algo insólito naquelas circunstâncias. O mesmo voltou a acontecer na reunião seguinte — agora com o que hoje se chama de selinho, os lábios se encostando insinuantemente —, em que também se intensificaram as trocas de olhares apesar do clima sempre tenso, característico do momento em que vivíamos. Waisman saía dali como se fosse de um espetáculo teatral. Por trás da carga racional de tarefas assumidas, aquilo tudo era, para nós, a experiência de um arrebatamento, uma catarse.

Ele já sabia, naquela época, não só que toda mulher gosta de ser cortejada como também que aquele que sabe cortejar será, sempre, um grande homem. A questão é encontrar o momento e o modo certos de fazê-lo. Na semana seguinte, na hora da despedida, despachou-me com um olhar, eu diria, ditatorial, e convidou Mercedes para tomar uma cerveja num boteco das proximidades. Segundo me relatou ao telefone no dia seguinte, chegou a pensar que sonhava quando ela não só aceitou a proposta como operou sabiamente em meio aos demais membros do grupo de maneira a impedir que qualquer um deles os acompanhasse e, clímax absoluto, topou mais tarde, com um entusiasmo juvenil, passar a noite no apartamento dele.

Na cama, uma entrega no entanto serena, pacífica e total, ofertando-lhe os mamilos acastanhados de diâmetros assimétricos. "O silêncio dela tem uma força oriental", disse Waisman... "o corpo dela é como você abraçar um edredom de pluma da melhor qualidade, mas morno, vivo, é, pode acreditar, inebriante." O mesmo aconteceu depois da reunião seguinte, duas semanas mais tarde.

O problema – e eis o prenúncio que mencionei acima – é que eu também comecei a gostar de Mercedes. Não resisti àqueles seus encantos tão "brasileiros" e revolucionários. Chegamos a nos encontrar e a dormir várias vezes juntos. Ela me telefonava no escritório ou em minha casa a qualquer hora. Sinto-me em condições de afirmar que estávamos próximos de um namoro de verdade. No mínimo, mantínhamos um caso de potencial seriedade.

Com o tempo, no entanto, obriguei-me a um afastamento emocional. Algo doloroso. Quase me forcei a desprezá-la, na verdade, pois o desprezo, embora abjeto, é o atalho mais adequado para você não mais querer nem saber da pessoa. Passei a tentar evitá-la, sem muito êxito, já que, como se diz, "a carne é fraca", e é mesmo. Mercedes me queria, isto é, gostava de estar comigo. Por algum interesse obtuso, imagino, continuava a sair com o meu amigo, mas com certeza era a mim que ela procurava, digamos, nas noites de frio.

Escondi – até hoje – isso de Waisman, não me pergunte por quê.

De um momento para o outro, porém, Mercedes desapareceu dos encontros da Oposição e de nossas vidas. Muitas vezes, nos meses seguintes, tentamos encontrá-la. Não por alimentar alguma ideia de relacionamento permanente – para ser muito sincero, pois é do que se trata aqui, isso era algo inviável política, social, cultural e umbilicalmente, e ambos, penso eu, o sabíamos –, mas apenas porque nos sentíamos bem com a doce metalúrgica na cama.

Fomos informados de que Mercedes mudara para São Vicente, onde também integraria um grupo sindical. E, pela maneira súbita e seca como desaparecera, era bem provável, raciocinamos então, que, além disso, já tivesse se cansado das carícias dos "alemães".

Hoje fiquei um pouco preocupada com você. Acho que da última vez não rendi o esperado na cama. Depois que você foi embora fiquei pensando: ele vai arranjar amantes se casar comigo, bobagens como essa. Imaginava você falando para outras: "Que gozado, com você eu me sinto melhor, faço melhor." Ficava vermelha de ódio de imaginar você dizendo aquelas bobagens que eu mesma já escutei... "Com você eu fico a madrugada toda e com ela não." Que ódio!

Queria te perguntar uma coisa: é triste ou menos emocionante você estar comigo em vez de com outras mulheres? Você realmente tem ou teve a fantasia de ter um filho com outra mulher, por exemplo? Uma morena, por exemplo? Outra para apresentar para os seus amigos ou para a terrível dona Flora? Acho que nunca vou querer largar você. Nunca vou dar motivo, mas aí só falta você chegar e pedir separação de repente só por eu não dar motivo. Seria demais.

Durante cinco anos, mais ou menos entre os 19 e os 24, devo ter ido para a cama com cerca de sessenta mulheres. Abstraindo o fato de que com a maioria delas isso se repetiu várias vezes, calculo então uma média de uma mulher por mês. Nos quatro anos seguintes, essa média foi diminuindo gradativamente para meia mulher ao mês (ou seis ao ano), até chegar a uma mulher e ponto: Débora, que, entre tantas outras características, tinha o poder de me monopolizar sob todos os aspectos. Sua ida a Manaus, assim, não era algo irrelevante. Muito ao contrário.

Quando Nélida chegou à minha casa na noite seguinte ao segundo encontro no Falanstério para me ajudar na concepção do blog, eu já sabia o que iria acontecer. E ela também. Em uma hora tínhamos esgotado as trocas possíveis de ideias sobre o assunto, definido as *linhas gerais* do Minha Vida Sem Banho sem que nenhuma divergência digna de nota se verificasse, começado a esboçar o que viria a ser o post de apresentação, o chamado editorial do blog, bem como estipulado como utilizar o material de que dispúnhamos no Instituto para enriquecê-lo.

Três garrafas de cerveja consumidas durante esse trabalho foram suficientes para brindar a inauguração do MVSB. A quarta, que tomamos sentados no sofá ouvindo música, levou-nos para a cama. Fez chacota dos meus baixos depilados, mas não se intimidou em nada, deixando-me, aliás, bem à vontade naquela que era minha primeira relação sexual desde o início do Projeto.

A partir desse momento, nossa química avançou às maravilhas. Tudo dava certo, sob todos os aspectos. Seria desnecessário dar números, mas a verdade é que em uma semana o blog já se mostrava um sucesso, com dezenas de comentários, não apenas virtuais mas diretos: recebi telefonemas de jornalistas, membros de outras organizações não governamentais e da companhia de saneamento do estado. Aidar piscou-me os olhos várias vezes em sinal de aprovação; os colegas do Instituto me olhavam com ainda mais respeito.

O MVSB aparecia para muita gente como um instrumento de protesto não só contra o uso indevido da água mas também contra o *status quo* em geral, na medida em que, sob forte influência de Nélida, sempre vinculava o problema ambiental às questões estruturais de ordem econômica e social. Não adiantaria nada a adoção de medidas individuais paliativas relacionadas à preservação do ambiente se ao mesmo tempo não se apontassem alternativas saudáveis e sustentáveis para a superação das relações econômicas que propiciavam o fortalecimento das empresas poluentes, por exemplo. (Cabe dizer que esse foi o único ponto criticado por Aidar; assim como Rogério, ele defendia a ausência de qualquer conotação política ou doutrinária no MVSB, apregoando uma ênfase exclusiva no relato de experiências pessoais concretas; sem nenhuma sutileza, deixava claro que, a persistir na ideologização dos temas, o blog correria o sério risco de perder os patrocínios angariados até então.)

Cheguei a ser convidado para proferir palestras em algumas empresas e na Universidade – não sem uma força, nesse caso, do próprio Rogério, apresentado publicamente como mentor do blog. Os comentários sobre os posts cresciam a cada dia, e creio que não seria exagero dizer que virei uma espécie de herói, guardadas as proporções da minha área de alcance, para muitas pessoas, algumas de outros países. Uma pesquisadora canadense chegou a mandar uma mensagem mencionando a existência de uma experiência em curso com uso de bactérias de amônia na pele que poderia levar a uma diminuição "natural" do suor e, consequentemente, do odor desagradável que dele emerge – o que me interessou bastante.

Nesse meio-tempo, Nélida, com seus 26 anos de idade e seus traços masculinizados que escondiam uma feminilidade voraz, passou a ocupar espaço crescente no meu cotidiano, de dia e de noite.

No primeiro emprego como jornalista (o mais correto seria dizer arquivista em um jornalzinho gratuito da Vila Mariana onde aportara sob as asas do próprio dono, um velho conhecido de Gersh), depois de deixar a transportadora de obras de arte e artigos delicados do pai, Waisman ficou próximo de um repórter bem mais velho, muito competente, de quem quase todos os dias, em torno do cafezinho, ouvia relatos de raptos, porões, prisões, maus-tratos, estupros, desaparecimentos e torturas.

Koichiro – lembro bem, assim se chamava o homem – falava com obsessão de pau de arara, choques elétricos, espancamentos, injeções de éter, mencionava a cadeira do dragão, o corredor polonês, instrumentos como pênis de boi, coroa de Cristo, corda molhada, geladeira, torniquete, "soro da verdade", aparelhos como roldana, pianola Boilesen, queimaduras, afogamentos; pronunciava nomes como Esquadrão da Morte, Cenimar, Dops, Doi-Codi, Oban, Deic. Mostrava-lhe recortes de jornais, inclusive estrangeiros, sempre mantidos em uma pasta azul de elástico na primeira gaveta de sua mesa de trabalho. Achincalhava o adesivo "ame-o ou deixe-o" verde e amarelo exposto nos vidros de muitos carros e inclusive na janela basculante de um dos banheiros da redação. Amaldiçoava as tentativas da ditadura militar de reproduzir naqueles meses a euforia inflamada, quatro anos antes, em torno da Copa do Mundo de 1970.

Nas conversas em voz baixa, sempre muito emotivo, Koichiro também mostrava forte simpatia pelas ações de guerrilha urbana e rural em curso; louvava os militantes, em especial a liderança, que as organizavam nos bastidores da clandestinidade. Via nessas iniciativas o único rumo a seguir, em especial desde o recrudescimento da repressão a partir do AI-5, para quem tivesse a ambição de se constituir de fato como ser humano em busca de redenção.

Waisman ficou impressionado, lembro-me bem, quando o colega lhe contou em detalhes o caso escabroso de um estudante de engenharia que se tornara operário no começo dos anos 1960 e fora preso numa manifestação do Primeiro de Maio em 1970, levado ao Doi-Codi e em seguida ao Dops, onde, dias depois, em um cubículo, foi submetido a diversas formas de tortura durante mais de seis horas sem fornecer nenhuma informação. Em estado de coma por causa disso, e tendo um médico de plantão assegurado aos torturadores que ele não sobreviveria, foi então por estes envenenado por via intravenosa com um inseticida, para que ao público pudessem apresentar como sua *causa mortis* oficial uma intoxicação justamente por inseticida.

Koichiro ensinava a Waisman todos os truques e técnicas da profissão: como preparar uma boa pauta, como fazer uma entrevista, como estruturar a redação de um texto de modo a poder depois sentar à mesa e desová-lo inteiro de uma só vez, como estabelecer uma relação de confiança com fontes desse ou daquele setor, como dispensar pessoas incômodas, como diagramar uma página, como revelar uma fotografia no laboratório, como negociar a remuneração. Mostrou-lhe, também, cabe acrescentar, que um pouquinho de cachaça no meio do expediente não só aquecia os motores do raciocínio como também propiciava que o trabalho fluísse de modo bem mais agradável.

Meu amigo, que recém completara 19 anos e nunca teve a humildade entre suas características principais, via e ouvia Koichiro com admiração, respeito e gratidão. Àquela altura, porém, já se enfronhara na militância política, e, sentindo-se encorajado, depois dos três ou quatro meses iniciais, passou a expor também a sua visão da conjuntura – e aí começaram as divergências entre ele e o velho repórter nissei.

Sempre que algum comunicado ou convocatória do sindicato dos jornalistas aparecia sobre a sua mesa, por exemplo, Koichiro procurava não só desqualificá-lo, como também lhe atribuía intenções diversionistas. Com uma linha de atuação inversa, a Organização a que Waisman pertencia – cujos quadros eu mesmo passei a integrar depois – proclamava a "organização e mobilização das massas em partidos políticos, sindicatos e associações como o único método de combater a ditadura militar, pela democracia e, nessa via, transitoriamente, pelo socialismo". Em que pesem todo o romantismo, toda a aura heroica, o espírito combativo e a coragem pessoal que implicavam, a Organização considerava o "foquismo guevarista" e as ações guerrilheiras de modo geral como táticas equivocadas e irresponsáveis, frutos de um desespero pequeno-burguês mal canalizado e que, além de resultados pífios, fornecia ao próprio regime e a seus organismos os pretextos de que necessitavam para incrementar a repressão, a brutalidade e a legislação ditatorial contra os opositores do sistema como um todo.

Como os confrontos políticos tomavam conta ou ao menos assombravam em permanência todas as conversas naquele período, foi-se esfriando, aos poucos, o relacionamento entre os dois. No final daquele ano, quando Waisman amadurecia no ofício e já escrevia algumas reportagens, foi surpreendido pela decisão de Koichiro de deixar o jornal. "Vou mudar de cidade, vou cuidar da vida", explicou-lhe, sem mais detalhes, numa despedida gélida e repentina. E nunca mais se viram.

Sou testemunha de que, apesar das divergências e do arrefecimento de sua proximidade com ele, Waisman sentiu muita dor com essa partida. Koichiro fora não apenas um mestre em seu início de carreira mas também a primeira pessoa já formada e tarimbada de quem ouvira histórias reais tão contundentes e terríveis e com quem pudera se abrir sobre suas dúvidas ou convicções políticas. A pequena redação do jornal perdera toda a graça para ele.

Tempos depois, no final dos anos 1980, como advogado, eu mesmo li o nome de Koichiro em uma lista, em ordem alfabética, de desaparecidos políticos, com a observação, num asterisco, de que era considerado, pelos órgãos de repressão, um suicida. Essa mesma e extensa lista, aliás, publicada em uma vasta compilação de documentos sobre os chamados Anos de Chumbo, continha ainda o nome daquele ex-estudante de engenharia cujo caso fora com tantos detalhes relatado em um cafezinho na Redação pelo veterano repórter. Omiti de Waisman essas duas informações até hoje, não sei por quê.

O que te deu na cabeça para você fazer esse blog tão ridículo, Célio? Não basta o trabalho no Instituto, que dá tão poucos resultados? MVSB – Minha Vida Sem Banho? O que é isso? Enlouqueceu? Endoideceu? Por que não me contou nada? Só fiquei sabendo porque dei uma espiada no site do Instituto e vi o link. Minha ausência te deixou pirado? Preciso pegar um avião já, neste exato momento? Tá perdido diante de tanta liberdade, é isso? Que sandice! Coisa sem pé nem cabeça... Tá se lambuzando com tanta solidão? Ainda bem que não estou por perto. E meu único consolo diante desse delírio, pode acreditar, é que pelo menos nenhuma mulher decente se aproximaria de você assim... Isso, isso mesmo... Pensando bem, continua assim... Seu blog devia ser MVSD – Minha Vida Sem Débora... Isso sim! Eu aqui no forno de Manaus, e é você quem tem o cérebro se derretendo....

Há pessoas nascidas para a descontinuidade. Não conseguem chegar até o fim: ou se apressam e capotam no meio do trajeto, ou se deixam tomar pela ansiedade e sufocam. Penso muito na paciência e na perseverança dos maratonistas ou na calma e autoconfiança dos nadadores de longos percursos, aquelas pessoas que avançam devagar numa piscina, indo e voltando, sempre cientes de que chegarão ao seu destino, mantendo a velocidade e o ritmo das braçadas, sabendo que cumprirão aquilo que tinham se proposto a fazer. É uma grande qualidade. Começar algo, em qualquer terreno que seja, pode ser fácil. O mais difícil é saber sustentar isso, levar até o fim. Eis, na verdade, o maior dos desafios, ao menos para mim.

À medida que crescia a audiência do blog, mais me atormentava a possibilidade de, no meio desse sucesso, estar me tornando um impostor, como meu pai se autointitulava. Esse sentimento jogava contra, como uma força enviada por algum desconhecido, de algum lugar, com o objetivo de me levar à desistência. Uma força cultivada no meu estômago, sempre a pressionar a garganta, a querer sair-me pela boca.

Com críticas mandadas a distância, Débora ajudou a criar dentro de mim esse temor, a certeza fluida (existe isso?) que me levava a questionar permanentemente o que vinha fazendo. É como se ela, do meio da selva amazônica, intuísse que junto comigo no empreendimento havia outra mulher.

O tema do blog entrava na pauta de uma ou outra reunião do Falanstério, mas ali as discussões eram sempre superficiais, e Rogério atuava como uma espécie de biombo de proteção entre mim e certos olhares descontentes com o que eu fazia. Nélida me ajudava na produção dos textos, mas em nenhum momento me defendeu, por exemplo, quando Agnelo, numa das reuniões, criticou a forma como eu conduzia o problema da relação entre as ações de caráter ambiental e a denúncia da *ordem econômica como pano de fundo da crise*. A rigor, mesmo de forma velada, ele discordava da orientação de Rogério no sentido de que os textos do blog se limitassem a episódios ou experiências pessoais.

O Falanstério era uma associação livre. Isso significava que qualquer um de seus integrantes podia deixar a organização na hora que bem entendesse. Quando você participa de um grupo como esse, ou uma seita, para ser claro, essa ideia de liberdade é, no entanto, abstrata demais, quase teórica. O envolvimento é tamanho que se torna raro um membro admitir sequer para si próprio a vontade de deixar o grupo, temeroso de se olhar no espelho e ver, ali, o maior dos traidores.

As críticas de Agnelo e a omissão de Nélida me deixavam em situação de desconforto, mas não me levavam a questionar a permanência no Falanstério. Isso só veio a acontecer, com seriedade, por ocasião de um outro episódio, inesperado e para mim surpreendentemente devastador: a morte de minha mãe.

H ouve um dia, mais de dez anos atrás, em que Waisman resolveu visitar a rua da Graça e o prédio onde passara parte da juventude, no Bom Retiro. Convidou-me para acompanhá-lo. Estávamos ali como uma forma de ele, Waisman, enfrentar algum fantasma, alguma dor, algum transe. Havia duas décadas que não punha os pés naquele bairro.

No momento em que deixávamos o estacionamento, fomos abordados por um sujeito descabelado, na calçada. Com um leve sotaque português, perguntou a Waisman: "Na sua opinião, uma pessoa que se suicida vai para onde?" Meu amigo ficou mudo por alguns segundos e respondeu: "Não sei, não sei..." O homem, com o olhar vidrado de sofrimento, insistiu: "O senhor não sabe? Não sabe mesmo?" "Não sei... Eu não sei", repetiu Waisman irritado, como se aquela pergunta tocasse em algo muito profundo nele.

O homem, depois de lhe agradecer a atenção, partiu rua abaixo, e pudemos observar como ele, atônito, fazia a mesma pergunta a outras pessoas, algumas das quais nem sequer lhe davam ouvido. Senti Waisman perturbado. Talvez aquele não tivesse sido o começo de passeio que ele almejava. Chacoalhou o corpo. Seguimos adiante.

Apesar das mudanças enormes no bairro – a começar pela substituição, já bem avançada, dos judeus pelos coreanos –, andamos por lugares onde as lembranças de infância do meu amigo se mesclavam com as poucas histórias contadas por Gersh sobre o Bom Retiro dos anos 1940: a zona do meretrício na rua Aymorés, a sequência interminável de lojas e pequenas fábricas têxteis e a movimentação incessante da José Paulino, a própria rua da Graça, a rua Guarani com a sinagoga da infância. O Jardim da Luz.

Foi nesse momento que meu amigo vinculou mentalmente a vivência da ditadura militar – tão determinante em nossa juventude – com a vivência de seu pai daqueles momentos anunciadores da sordidez sem limites da Shoá.

Por que sempre desprezara as histórias contadas pelo pai? Por que fugia delas? Por que temia aquele sotaque tão carregado de Gersh?

Creio conhecer ao menos em parte a resposta. É porque, no fundo, sempre teve medo, medo da experiência e da profundidade da dor sofrida pelo pai, uma dor bem maior, suponho, do que qualquer outra que ele próprio, Waisman, jamais poderia ter um dia conhecido em toda a sua vida.

Não há dúvida de que esse breve périplo pelo Bom Retiro detonou em Waisman a tumultuada reviravolta mental da qual ainda padece, tornando-se cada vez mais difícil, mesmo que eu quisesse me reinventar, encontrar o caminho para acessá-lo. Sua tomada de consciência, testemunhada por mim ao acompanhá-lo durante aquele passeio, deslocou as engrenagens sempre tão azeitadas da sua racio-nalidade.

Ao mesmo tempo, quem sabe até paradoxal-mente, era como se experimentasse, ao lado dessa constatação solene, uma espécie rara de felicidade, ainda que passageira, ao enxergar diante de um es-pelho-d'água do Jardim da Luz aquilo em que ao longo dos anos se transformara, a que por fim, para seu próprio e profundo alívio, se reduzira: uma sombra urbana, a sombra, provavelmente, do pró-prio Gersh.

Faz tanto tempo que eu nada produzo além de problemas na minha cabeça. Peço a você: não se suje comigo! E isso nada tem a ver, acredite, com esse blog ou essa história de não tomar banho. Estou falando em outro sentido. Sou mulher. Sofro, ando, cago e sei que existem coisas que estão acima das minhas possibilidades. Que ninguém pode exigir que o outro o ame. Mas, quando se ama, então se deve tratar o outro com dignidade, no mínimo. Será que você está ficando louco? Tenho medo de que você se transforme em um envelope sem carta dentro, ou uma carta que eu não tenha sabedoria para ler.

Nos torneios de procrastinação, sempre fui campeão, sempre liderei o ranking. Agora chega. É hora de dizer com clareza, a começar para mim mesmo: quanta besteira eu fiz na vida, quantos roteiros equivocados, 'quanto deixei de fazer por covardia, por me deixar levar ao longo de trilhas que não escolhi. Tudo poderia e deveria ter sido diferente. Não queria ter me preocupado com tantas banalidades, que me causaram tanta dor de cabeça. Besteira. Não está sobrando nada. Quanta energia desperdiçada. Quisera ter sido capaz de tomar outras decisões. Nada — a não ser a minha falta de brio — me obrigava a fazer o que fiz, ou, melhor, a não fazer aquilo que realmente preferia ter feito. São, literalmente, décadas de pusilanimidade.

O que fazer com todo esse discurso lamuriento agora? Não seria menos dolorido simplesmente reconhecer minha mediocridade, resignar-me a ser essa pessoa mole, sem sangue?

Afirmei que não tive filhos. Para o bem de minha própria e já precária saúde mental – na certa deixei-me contagiar, também nesse quesito, pelo próprio Waisman –, devo registrar aqui que se trata de mais uma meia verdade. Flora e eu tivemos, sim, um caso duradouro. Bem mais do que uma "breve união carnal". Encontrávamo-nos sempre que Waisman partia em viagem, o que era muito comum por conta dos seus compromissos de militante. Eu e ela sabemos disso, embora Flora, nem eu, jamais tenhamos assumido, em todas essas décadas, a verdade.

Mas nem tudo é simples. Vamos lá: Flora adorava ser a amante do amigo de seu marido. Essa é a verdade. Pouco importa, agora, qualquer julgamento moral. De que valeria tal julgamento, numa situação como esta, em que ela tem tão pouco tempo de vida pela frente? Nunca escondeu de mim o prazer que sentia para além do prazer carnal ao alimentar essa espécie de *ménage à trois*. Quantas vezes não me disse simplesmente "quero que tudo se dane, que tudo se foda, que o Wilson se foda..."? E para isso nem precisava ingerir álcool ou qualquer coisa que a deixasse fora de si. Nunca se incomodou com essa situação. Quantas vezes, depois de passarmos algumas horas juntos, não prolongou o prazer voltando para os braços adormecidos do marido, amigo do amante? Talvez soubesse desde sempre do destino trágico que teria, entregando-se de modo tão precoce, abrindo mão de lutar pela vida ao primeiro ataque, clinicamente quem sabe contornável, do câncer. Talvez nem quisesse se separar. Não queria, na verdade, pois, espiritualmente, já estava afastada dele havia muitos anos. Se o fez formalmente, sei disso, foi por minha insistência.

Fazer o quê agora? Você, querida, vai enterrar essa verdade, não vai? A decisão que tomou, de se entregar, guarda total coerência com essa ocultação definitiva. Definitiva sim, porque, sem você, a revelação não faria o menor sentido, não é? Você deveria me dar a resposta mais uma vez, com seu jeito ríspido. Você – sempre magricela, seca, fumando –, nem que seja assim, como sempre foi: dura, direta.

Realmente não sei...

Mentira, mentira! Sei, sei sim, sei que desta vez não haverá jeito. Será, é, minha a decisão. No fundo, eu mesmo já estou, aqui, respondendo a essas dúvidas a bem dizer inócuas e muito tolas. Pois, ao mesmo tempo, a verdade também é que eu *preciso* escrever tudo isso aqui. Estou escrevendo aqui.

Diante do seu atual estado, não posso seguir errando. Era com você que eu tinha de ter ficado, Flora. Estivéssemos numa época como a de cem anos atrás, a desavença em gestação acabaria por se resolver, quem sabe, com recurso a um duelo, W *versus* W, e ponto. Mas hoje não, hoje é tudo mais complicado, não é? Atualmente questões como essa simplesmente não se resolvem, permanecem em aberto a vida toda. Como será, aliás, com aquilo que eu hoje chamo de "mistério Rogério", diga-se, que Waisman, o seu Waisman, hoje um homem desprovido de futuro – com os olhos voltados apenas para o seu próprio impasse –, será incapaz de desvendar, mesmo querendo, pois lhe falta, numa palavra, aquilo que se chama fibra. Afinal, o homem que o socorrera no acidente da Fernão Dias tinha sido ou não um informante da ditadura, um infiltrado do regime entre os estudantes e exilados brasileiros em Paris no final dos anos 1970? Não, ele não irá desvendar esse mistério.

Pois o meu destino deveria ter sido você, Flora, não é? Por que não assumi – não assumimos – isso? Talvez eu nunca consiga entender o motivo.

Terá a amizade com Waisman sido sempre tão prioritária assim, a ponto de ter-me imposto para o resto da vida esse atalho inóspito que me trouxe à monumental imperfeição que caracteriza os meus dias? O que essa amizade me proporcionou? Durante quanto tempo? Não passou a carregar consigo, pelo menos desde nossos vinte e poucos anos, algo além dela mesma? Não terá sido envenenada pelas minhas fraquezas, pela minha crescente inveja, permanente hipocrisia, e, talvez mais do que tudo, pelo nosso amor oculto, Flora?

O que faço com isso tudo agora?

Talvez tenha chegado o momento – mais uma vez determinado por você, pela sua decisão de se abraçar à morte – de me confessar, de revelar por qualquer meio que seja aquilo que deveria ter sido revelado desde o início. Mas nem mesmo isso eu poderia fazer agora, na sua presença, quero dizer, enquanto estiver viva. Isso não, pois esse seria um sofrimento que você não merece, além do que já está sofrendo, querida.

Aguardemos. Aguardemos. Infelizmente essa hora vai chegar, e deve ser muito em breve, não é mesmo?

Sua partida, assim, me realocará no mundo. E, aí, seja o que Deus (sim, Waisman, Deus, Deus, Deus, Deus, isso mesmo, Deus, amigo, Deus com maiúscula e tudo) quiser...

PS: Estas linhas com histórias e lembranças descosidas foram escritas em impulsos, soluços, em homenagem antecipada à memória de Flora, sua mãe, que obviamente não as lerá. Meu destinatário, porém, sempre foi você Célio – meu Célio. Ei-las então aqui, nas suas mãos, entregues neste dia dolorido, injusto como nenhum outro. Dê a elas a aplicação que considerar mais justa e, quem sabe, necessária.

Minha mãe morreu numa quarta-feira, menos de um mês depois de deixar o hospital. Fui avisado do ocorrido pela empregada dela, Alzira, que me telefonou atônita no meio da manhã, no Instituto. Tinha encontrado "dona Flora" no sofá da sala "dormindo sem respirar", bem magrinha, com a televisão ligada. Um vizinho, médico, a quem pedira ajuda, informara que não havia mais o que fazer.

Escrevi para Débora contando o fato numa frase. Pedi licença a Aidar. Vi que Nélida, a distância, percebera minha movimentação súbita, mas achei melhor não contar nada a ela. Do táxi liguei para o meu pai, para dar a notícia e, no fundo, para pedir apoio e orientações a respeito do que fazer naquela situação.

— Minha mãe queria ser cremada? — perguntei a ele. Afinal, ela era ateia e, como fumante inveterada, seu corpo se predispunha a virar cinza, eu raciocinava com ironia, uma forma de me encaixar melhor naquela situação.

— ...

Em vinte minutos estávamos no apartamento dela, sem saber o que fazer. Acho que meu pai estava embriagado, ou talvez dopado por algum medicamento. Falava torto, tive dificuldade para entender algumas palavras. Ainda assim, conseguiu responder à minha pergunta, dizendo "Não, ela queria ir para o Butantã mesmo", e teve o expediente de telefonar para quem ele chamava de *melhor amigo*, Marcos Wiesen, um advogado com quem se encontrava de vez em quando, para pedir ajuda quanto às providências a serem tomadas. Minha mãe, como eu, era filha única, vivia isolada, só falava com seus poucos alunos de desenho, e sem nenhuma intimidade; não havia muita gente a quem comunicar o ocorrido.

Wiesen apareceu poucos minutos depois. Apesar de bastante chocado, orientou-nos quanto às medidas burocráticas de praxe (atestado de óbito, serviço funerário do cemitério israelita do Butantã). E assim, naquela mesma tarde – pois nenhum de nós achava que fazia sentido prolongar o mal-estar com um velório ao qual nenhuma alma viva compareceria –, não mais do que uma dúzia de pessoas se uniram, sob um céu cinzento ameaçando chuva, a dois coveiros com raminhos de arruda na orelha e um rabino-cantor apressado em torno da sepultura no Setor O que minha própria mãe havia reservado meio ano antes, quando tivera a notícia do câncer, momento a partir do qual adotou a estratégia suicida ou eutanásica de recusar todo e qualquer tratamento, fosse químico ou radioterápico. As duas únicas mulheres presentes eram primas distantes – de segundo ou terceiro grau, eu não sabia direito.

Confesso que sentia o cheiro ruim do meu corpo de forma mais forte do que em todos os dias desde o início do Projeto. Uma sensação inédita, como se fosse o cheiro de outra pessoa, na verdade o cheiro de minha mãe sem vida subindo, como vapor, daquele buraco de terra, para se espalhar por todo o cemitério e depois, num passe de mágica, concentrar-se inteiro em mim. Tremi com calafrios. Suei; e com o suor meu cheiro ficou ainda mais azedo.

O mais estranho de tudo, porém, aconteceu no momento em que, seguindo o ritual, peguei uma das pás disponíveis e joguei três ou quatro punhados de terra sobre o caixão. Brotou aquele som seco, sem eco, aquele som cuja mensagem é fisicamente clara: tudo acaba por aqui. Não tinha vertido uma única lágrima até esse momento. O som do choque da terra com a madeira preta, porém, teve o efeito de um trovão: depois de um soluço tímido, abraçado ao meu pai, comecei a chorar em profusão, com lágrimas espessas, umas lágrimas pesadas e indubitavelmente sujas – assim eu ao menos as sentia enquanto rolavam rosto abaixo.

Jamais imaginara a possibilidade de sentir com tamanha intensidade a perda de minha mãe – uma mulher fria e calculista, que fez do desenho e dos poucos alunos suas únicas companhias, que não tinha amigos, apenas um passado brilhante, segundo as memórias pouco confiáveis do meu pai. No entanto, parecia que eu chorava não a sua partida, mas a sua ausência perene, que, agora sim, se tornara irremediável. Começava a sentir falta daquilo que lamentava nunca ter conhecido – e isso era o que estava por trás do meu choro no cemitério, um choro que se prolongava contra o meu desejo, muito além do razoável.

Tudo aconteceu em menos de uma hora. Parcialmente recomposto, quando andava na direção do carro de meu pai (que, lá atrás, trocava algumas palavras não imagino sobre o quê com o rabino-cantor), fui abordado de modo discreto por Wiesen. Como se agisse às escondidas, chorando muito, ele apertou o meu cotovelo direito e disse:

— Guarde isso aqui, Célio. E faça o uso que quiser.

Era um pequeno caderno de anotações que ele enfiou no bolso lateral da minha jaqueta antes de perguntar qual era o meu endereço eletrônico e de, após memorizá-lo, desaparecer numa das aleias do cemitério sem nem sequer se despedir do meu pai. Este, aliás, parecia não querer largar do rabino-cantor. Certamente fingia interesse por alguma questão religiosa enquanto balançava o corpo numa agitação cuja origem só poderia estar no seu desconforto existencial sem volta. Girava, girava, olhava para cima, segurava o rabino pelo braço. Por um instante tive a impressão de que tentava mergulhar no buraco onde minha mãe jazia, semiaberto.

Irritado, cansado daquela cena, mudei de rumo e gritei de longe "Tchau, pai" — vi que ele ouviu e acenou com indiferença, de leve, ainda a conversar com o rabino-cantor —, e pedi carona a minhas primas.

Dentro do carro, no banco de trás, eu ainda chorava, suava, e não havia dúvida de que elas tinham sentido, presumivelmente enojadas, toda a força do cheiro insuportável que emanava do meu corpo. Mal conseguia equilibrar na cabeça a kipá que pegara emprestado na entrada do cemitério.

Pouco antes de chegar à saída, o carro parou ao lado de uma pia de mármore marrom com três torneiras e uma caneca de alumínio presa a cada uma delas por uma correntinha. As duas desceram para lavar as mãos; faz parte do ritual. Eu devia de fato estar com uma aparência terrível, pois a mais velha, Beatriz, começou a me chamar insistentemente para fazer o mesmo.

— Vem, Celito, vem. Vai te fazer bem... É como afastar a morte da gente. Um costume. A água faz milagres. Se lavar é como se limpar dos maus agouros...

O que fazer?

Ela insistia:

— Vem se lavar. Vai ver como você vai se sentir melhor.

Lavar as mãos? Fiz uma careta. Meu corpo se contorceu inteiro, como se quatro pessoas o estivessem puxando, cada uma para um lado, ao mesmo tempo. Desci do carro e automaticamente, atendendo ao *canto de sereia* das primas, avancei e coloquei as mãos sob uma das torneiras. Beatriz encheu a caneca e despejou a água sobre mim.

— Esfrega bem, para se limpar de tudo. É da tradição. Isso, assim mesmo...

Tradição?

Súbito, tive a sensação de que o Projeto ameaçava escapulir das minhas mãos, ou *pelas* minhas mãos.

À saída, antes de repor pela janela do carro o solidéu no mesmo recipiente de metal em que o retirara na entrada, li uma placa dizendo:

"A Lei do Eterno é perfeita e reconforta a alma." Salmo 19.8.

B em agora, logo no final dessas "férias" ines-
peradas, pintou uma tristeza que por muito
pouco não se confunde com um bolo de saudade.
Tristeza por ainda ter de pastar um pouco para
voltar a perceber com maior intensidade que tudo é com você. Que o corpo queimado é com você.
E não é por causa da morte da sua mãe, você sabe
muito bem. Sei que, quando faço dessas coisas, saio
sempre recuperada e tudo se redobra. E é assim,
amor. É para te falar, esta volta mais apressada é
porque, como raramente acontece, a lucidez veio
rápida... Então, eu pico a mula...

Cheguei em casa no começo da noite, exausto. O rosto imundo, como se uma parte dos litros de lágrimas derramados tivesse grudado nele formando com a fuligem uma crosta, uma máscara melada de sal. Quinta-feira era dia de nadar na ACM, mas eu estava tomado por uma espécie de torpor; ao mesmo tempo, queria começar a ler o caderno de Wiesen logo.

Depois de pegar na geladeira e acomodar na mesa um iogurte e um pote de salada de frutas, sentei-me e bebi um copo d'água. Pensei em descongelar um frango com arroz, mas desisti.

Para me apaziguar um pouco, levantei, fui até o computador, na escrivaninha ao lado da cama, conferir a caixa de entrada do Outlook. Os spams de sempre, uma ou outra correspondência normal relativa a tarefas do Instituto. Três mensagens, porém, me chamaram a atenção. A primeira vinha de Aidar: "Toda minha solidariedade, Célio. Não se apresse em voltar ao trabalho." A segunda, enviada poucos minutos depois daquela, era de Rogério (calculei que só Nélida poderia ter-lhe dado meu endereço eletrônico) e, laconicamente, dizia: "Minhas condolências." A terceira foi a mais importante, para não dizer decisiva: menos de duas horas depois de nos despedirmos no cemitério, era o próprio Marcos Wiesen quem me escrevia. Tendo no campo do "Assunto" as palavras "Complemento final", a mensagem, sem nenhuma apresentação, dizia o seguinte:

Flora Soihet Waisman, de fato, não estava lá, e no entanto todos nos reunimos trementes à sua volta. E foi mesmo o dia mais triste de minha vida. Não estava lá, querida, você não estava lá, e de repente a tontura, a vertigem, o rosto na terra fresca e fofa, um sopro macabro, a dor perfurante da ausência do seu peso, e o peso da presença dessa ausência perfurante sob aquele céu tão cinzento. Você estava lá, na verdade, mas de um modo especial: como desaparecida. E quem depois desapareceria também, para mergulhar no fundo do desespero, era eu. Sou eu.

"O dia mais triste de minha vida"? "Querida"? "Fundo do desespero"?

Voltei à cozinha, sentei-me e abri o caderno de Wiesen. Não era espesso. Trazia uma letra miúda ocupando todos os espaços das páginas, como se ele temesse faltar papel ao longo da escrita. Durante uma hora, perdendo-me nessa caligrafia, mergulhei, na verdade, na história triste e infectada de rancores e ressentimento mútuo dos meus pais — a minha própria história.

A julgar pelo que Wiesen registrara no caderno — e eu não tinha motivo algum para duvidar —, ele, meu pai e minha mãe tinham vivido um *triângulo amoroso*, durante décadas, desde a juventude, quando militavam juntos contra a ditadura militar. Não de forma pacífica, nem mesmo aberta. Ao contrário: minha mãe mantinha tudo escondido; meu pai provavelmente sofria e acumulava a raiva e o ódio pela situação sem conseguir dar qualquer vazão a esses sentimentos; Wiesen atuava como um prisioneiro de sua atração irresistível por minha mãe, em permanente conflito com o fato de ser amigo de meu pai, mas incorporando, também, esse relacionamento como uma forma de vingança, uma forma de mitigar o mal-estar sedimentado nele pela inveja que sentia.

Foi isso, ao menos, o que entendi da leitura.

Tudo parecia tão inacreditável e, ao mesmo tempo, tão coerente, tão lógico se confrontado com o definhamento e a atitude autodestrutiva de minha mãe, assim como com a miséria existencial do meu pai em plena *crise de meia-idade*, que cheguei a me perguntar, ao final daquelas páginas, se eu não deveria procurar por Wiesen imediatamente para quem sabe ver nos traços do rosto dele alguma coisa do meu, algo mais que nunca conseguira, ainda que inconscientemente, enxergar no meu pai. Diante dessas revelações e daquilo que eu mesmo vivenciava havia muitos anos e em especial mais recentemente nos encontros com eles (meu pai e minha mãe), a conclusão agora era simples para mim:

a) sob o verniz reluzente do sucesso profissional e da atuação heroica na juventude da qual tanto se vangloriava, meu pai era, no fundo, mais do que impostor (como admitia), um ressentido, um homem enredado na amargura, fracassado, que não soube encarar no momento certo os obstáculos erguidos diante dele e, achando-se injustamente tratado, afundou-se na impotência, abdicou de qualquer reação em nome da expectativa de um reconhecimento que nunca veio ou de uma vingança futura jamais cumprida;

b) minha mãe, cuja imagem para mim sempre se confundira com a espiral de uma fumaça (e não só pelos vinte e tantos cigarros que consumia todos os dias desde sempre), carregara com ela, no caixão, muitos segredos, inclusive a minha paternidade biológica;

c) Marcos Wiesen, por sua vez, parecia se sentir um derrotado – muitas vezes expressava isso no caderno –, mas, na verdade, soubera dar destino, ainda que por linhas tortas, a todos os seus sentimentos ditos negativos: inveja, despeito, ódio, ciúme... Ou seja, era, no fundo, um vitorioso, mesmo na tristeza.

O que fazer com isso tudo despejado de repente sobre as minhas costas logo após o enterro de minha mãe? Faria sentido ir atrás dessa indicação tão consistente de que meu verdadeiro pai seria Wiesen?

E a ideia de que Rogério e Aidar eram ligados – coisa que eu mesmo constatara e que Rogério fizera questão de me afirmar –, mas também que essa relação tinha algo a ver com a direita mais nefasta na época da ditadura militar? Deveria, diante disso, permanecer no Falanstério ou até mesmo no Instituto? Será que caberia a mim, no fim das contas, a tarefa de desvendar o tal "mistério"?

Comecei a suar de novo, a testa se umedeceu a ponto de pingarem gotas sobre o caderno de Wiesen. O corpo fervia, tomado por um desconforto que eu não sentia havia muito tempo.

Detesto a ideia de "moral da história", mas a verdade é que a partir justamente da história de

meus pais, contada de modo assimétrico e tão des-
continuado por Marcos Wiesen, eu tinha enten-
dido de alguma forma – certamente pelas avessas, à
base de dois contraexemplos tão próximos de mim,
tão obviamente constitutivos de mim – que minha
vida só poderia ser bem vivida se eu assumisse
minhas próprias deficiências, contradições, limi-
tações; se conseguisse assumir como meu aquilo
que realmente tenho de absoluta e exclusivamente
meu – para o bem ou para o mal. Aquilo que sou,
e ponto-final.

Pensei: não posso esperar o meu meio século
de vida para *chutar o pau da barraca* como Wiesen,
ou perder o rumo de casa como meu pai.

Fui ao banheiro.

No espelho, tudo o que eu via eram caretas,
o olhar desconjuntado e muita umidade – do suor
e, certamente, de muitas lágrimas. Tirei a camisa
empapada. Recuei três passos, amedrontado. À esquerda ficava a porta do box. Abri-a. Tirei calça,
meias, cueca, e girei, com todas as forças, as torneiras do chuveiro. A água, escorrendo pelo meu corpo, estava muito fria.

Cheguei. Quero te ver hoje, já. Prepare-se. Me aguarde. Com amor... e ódio.

Na mesma noite, já cheirando a sabonete e seguindo mais uma vez a linha de conferir aos posts um tom sempre e cada vez mais pessoal, sem consultar Nélida nem ninguém, resolvi imprimir uma inflexão no blog. Em busca de algum entendimento e de uma espécie de libertação pelas palavras e pela exposição dos meus torpores, engolido pela necessidade de não repetir em minha vida as experiências malogradas daqueles dois Ws e de minha própria mãe, reuni as mensagens de Débora daquelas semanas de permanência em Manaus e o caderno de anotações/recordações de Wiesen, rememorei aquilo que eu mesmo passara nos últimos meses e, tentando conferir alguma ordem ao conjunto, dei início a um longo post que começava assim:

Provavelmente um curto-circuito fez queimar a resistência do boiler da casa. Até me despi, mas no trajeto entre o quarto e o banheiro mudei de ideia: o simples pensamento de entrar debaixo do chuveiro gelado no inverno me causou arrepio; então, desisti. Nem estava suado – ao contrário, a noite fora fria. Ativei o olfato para verificar a situação do corpo e concluí que podia, sim, dispensar o banho naquele começo de manhã.